Vier Hufe, acht Pfoten und ich

Geschichten um Pferd und Hund
und wie sehr sie mein Leben
bereichert haben.

Die Deutsche Nationalbibliothek verzeichnet diese
Publikation in der Deutschen Nationalbibliografie;
detaillierte bibliografische Daten sind im Internet über
http://dnb.d-nb.de abrufbar.

ISBN-13: 9783837084795

© 2009 Petra Shurtleff
Herstellung und Verlag:
Books on Demand GmbH,
22848 Norderstedt, www.bod.de

VORWORT

Wieso wollte ich dieses Buch schreiben? Die Idee alles Erlebte einmal aufzuschreiben, damit man es einfach nicht vergisst oder damit andere auch daran teilhaben könnten, die hatte ich schon länger. Aber wann soll man die Zeit haben ein Buch zu schreiben? Schließlich gibt es da ja ein paar Kleinigkeiten wie einen Fulltime-Job als Assistentin der Geschäftsleitung mit einem sehr anstrengenden und hektischen Chef, einem großen Haus, dem Haushalt, einem ebenso anstrengenden Ehemann, einem Sohn, einem Pferd und zwei Hunden! Doch die fehlende Zeit war plötzlich da, als ich mir Ende Februar beim Üben mit meinem Hund Sammy das Bein gebrochen hatte. Nun war ich für längere Zeit außer Gefecht gesetzt und hatte plötzlich soviel Zeit, und Geschichten gibt es genügend zu erzählen. Also fing ich einfach mal an. Ich wünsche meinen Lesern viel Spaß und hoffe, dass sie die Freude und die Bereicherung, die mir meine Tiere schenken, zumindest in Gedanken ein wenig mit mir teilen können. Dank für dieses Buch gilt vor allem all den vierbeinigen Engeln, die mir ihre ganze Liebe schenken und mit ihrem Wesen mein Leben so bereichert haben, dass manch negatives Erlebnis mit meinen Mitmenschen doch auf einmal so unwichtig ist. Wie wahr sind wohl die Worte:

"Der Hund bleibt Dir im Sturm noch treu, der Mensch nicht mal im Winde!"

INHALTSVERZEICHNIS:

Quietschi

QUIETSCHI, DIE RASSEKATZE, DIE KEINE WAR

Nach einer gescheiterten Ehe, einem USA-Aufenthalt der mich mein ganzes Hab- und Gut gekostet hatte, war es mir endlich wieder gelungen auf eigenen Beinen zu stehen und ich hatte mit meinem Sohn wieder eine eigene Wohnung. Mit sieben Jahren dachte ich, wäre es schön für mein Kind ein Haustier zu haben und ich wollte ja schließlich auch wieder ein Tier haben.

Meinen Hund Roxi musste ich nach der Scheidung in den USA zurücklassen und als alleinerziehende Mutter einen Hund zu haben war leider nicht möglich. Also, eine Katze sollte es sein, aber eine schöne, wie aus der Sheba-Werbung. Ich suchte in Tiermagazinen und anderen Zeitschriften und wo auch immer ich anrief, waren die Sheba-Katzen, es sind Rassekatzen und werden Karthäuser genannt oder Russischblau, schon vergeben. Da fiel mir eine Annonce auf: „Liebe Katze in gute Hände abzugeben". Natürlich ruft man mal an, denn langsam dauerte mir dies alles zu lange und ich wollte schnellstmöglich eine Katze haben. Die Frau am Telefon schwärmte mit so vor und als ich dann fragte wie die Katze wohl aussieht, war ich sichtlich enttäuscht, es war ein einfacher getigerter Stubenkater. Dies wollte ich doch aber eigentlich nicht. Die Dame sagte, ich kann Ihnen ja mal ein Bild schicken. Ich suchte weiter nach Anzeigen und dann kam das Foto. Na ja, eben eine grau-getigerte Katze. Ich legte das Bild zur Seite und hatte schon fast vergessen, dass ich es noch da liegen hatte, als ein paar Wochen später die Dame nochmal anrief. Sie sagte, sie würden zufällig Verwandte in einer Stadt in meiner Nähe besuchen fahren und es würde ja auf dem Weg liegen, und ob sie nicht einfach mal vorbeikommen sollte und mir die Katze zeigen sollte. Naja, ich ließ mich natürlich überrumpeln und sagte zu.

Dann kam die Frau mit der Katze, einer Palette Dosenfutter, 10 Tafeln Schokolade für meinen Sohn und einer Kiste mit Katzenstreu. Wie das wohl ausging? Keine Frage. Quietschi war eine total verschmuste und liebe Kätzin und vor allem war mein Sohnemann hin- und weg. Also wurde vereinbart, das Kätzchen durfte mal für eine Woche auf Probe bleiben. Die Dame hatte das Problem, dass sie vier Katzen hatte, alle im Haus und der neue Kater war wohl der auserwählte Erzfeind von Quietschi. Ihr Ehemann wollte unbedingt den Kater behalten, also musste eine Katze gehen. Welch ein Glück für uns! Auch wenn ich ja eigentlich eine Rassekatze wollte, so eine tolle silbergraue, so hatte dieses feine Kätzchen, mit seinen grünen Augen auch mein Herz im Sturm erobert. Sie war einfach eine super gebrauchte Hauskatze, sie hat mir nie Ärger bereitet oder etwas kaputt gemacht. Sie war schon vier Jahre alt und benahm sich so, als ob sie schon immer zu uns gehörte. Von der Frau die sie gebracht hatte, habe ich nie wieder etwas gehört. Quietschi zog sogar zweimal mit uns um und obwohl es ja heißt, dass Katzen oft an der Wohnung oder dem Haus festhalten, hat dieses liebe Kätzchen uns immer die Treue gehalten. Sie war auch für meinen Sohn eine liebevolle treue Freundin, so wie ich es mir vorgestellt hatte. Nach unserem Umzug ins eigene Heim, hatten wir dann sogar Hund und Katze zusammen und sie haben sich echt gut verstanden die beiden, es war nicht die große Liebe, aber oft genug lagen beide zusammen auf der Couch als ob es da keine Unterschiede gäbe, egal war offensichtlich dass einer Hund und einer Katze war. Dieses liebe Wesen hat uns so viele schöne Schmusestunden beschert. Ebenso Geschenke wie tote Mäuse, oder Vögel - darunter auch mal ein Eichelhäher und eine Ringeltaube - sie war schon eine sehr talentierte Jägerin und hatte endlose Geduld. Es gab sogar ab und zu mal lebendige Mäuse, die zum Spielen mit nach Hause gebracht wurden. Quietschi konnte offensichtlich gar nicht verstehen, wieso wir Menschen uns so aufregten über ein kleine Maus die da durchs Wohnzimmer lief! Sie würde sie doch irgendwann einfangen und töten und dann nix übrig lassen außer der Galle und dem Schwanz!

Anfangs als mein jetziger Ehemann bei uns eingezogen war, gab es Diskussionen über die armen toten Mäuse und Vögel und wir einigten uns, dass wir Quietschi ein Halsband mit einem Glöckchen anziehen würden, damit die Gejagten noch eine Chance bekämen - doch die Jägerin lauerte geduldig und erbeutete trotz Glöckchen weiterhin ihre Beute und legte uns diese stolz auf die Fußmatte zur Terrasse. Also konnte das Glöckchen wieder abgenommen werden und sie konnte weiter jagen gehen, was ja auch für eine Katze in ihrer Natur liegt. Wenn dann mal wieder Mäuseüberreste vor der Tür lagen, konnte man einfach der Süßen nicht böse sein - eine kleines Schnurren und ein so lieber Blick.

Es folgten noch viele schöne Jahre mit dieser gebrauchten Katze und wir haben es nie bereut sie bei uns aufgenommen zu haben. Gleich erzähle ich von unserem zweiten Haustier. Es handelt sich um unseren Hund Fee. Sie hat uns alle durch ihr Wesen ganz schnell verzaubert.

Fee unsere liebe Rottweilerhündin

DIE GUTE FEE

Ich weiß gar nicht wo ich anfangen soll. Also die Katze hatte ich ja, aber hinzu kam dann auch endlich nach langem alleine sein der richtige Mann. Er ist Amerikaner, wie mein Ex, ein ganz aufregender Typ: schulterlange Haare - sah für mich aus wie der Kerl aus dem Film „der Highlander". Na ja, es ging jedenfalls alles ziemlich schnell, er zog nach sechs Wochen bei uns in die Wohnung ein und ich bin in bis heute nicht mehr los geworden. Zu einer unserer Gemeinsamkeiten gehörte auch der Wunsch nach einem Hund, aber ein großer, ein Rottweiler war unser Traum. Oh Gott, diese bösen Hunde werden viele denken. Es ist so schade, dass diese Rasse so verrufen ist, denn es liegt viel an der Erziehung eines Hundes, die natürlich sein Wesen prägt. Nachdem mein Lebensgefährte schon fast ein Jahr bei uns wohnte und es sich so ergab, dass er eine Umschulung machen konnte, die einen Job versprach, der im Schichtdienst getätigt wurde, hatte man ja dann eigentlich genügend Zeit für einen Hund.

Also ging die Suche los. Ich kontaktierte mehrere Züchter in der näheren Umgebung, aber es gab wenig Welpen oder die Hunde waren schweineteuer oder die Züchter waren einfach zu weit weg. Endlich wurde ich fündig, ein Züchter hatte nur noch einen Welpen übrig, der andere noch einen ganzen Wurf. Wir fuhren zuerst zu dem einen Welpen und dachten, wir würden uns auch die anderen Hundebabies anschauen, aber soweit kam es gar nicht. Der Züchter hatte ein riesiges Gelände mit über zwanzig Hunden. Es wurde aber nicht wild gebellt, die Hunde waren ruhig und freundlich. Auch Valentina, die Mutter der Welpen war total lieb. Der Mann führte uns zu einem Gehege mit Junghunden und zeigte uns den kleinen Racker. Da kam sie angewackelt, 16 Wochen alt und tollpatschig, aber mutig. Ihr Name war Fee. Es war Liebe auf den ersten Blick. Keine Frage, wir mussten nicht weitersuchen, dieser Hund wird es sein und kein anderer. Also ab nach Hause mit dem kleinen Schatz. In der ersten Nacht hat sie jämmerlich nach ihrer Mama gerufen und mein Freund hatte gleich Fehler Nr. 1 gemacht, den Hund mit ins Schlafzimmer genommen. Man brauchte sich wohl nicht zu wundern wieso der Hund, auch als er größer wurde, es für selbstverständlich hielt bei uns im Bett zu schlafen! Viele Leute denken wohl, das ist nicht so toll, aber uns hat es nie etwas ausgemacht und die Große hat sich auch immer klein gemacht und uns auch noch Platz gelassen. Die viele Bettwäsche, die dadurch zu waschen ist, nimmt man dann gerne in Kauf. Die Anfangszeit mit dem Welpen war natürlich anstrengend und aufregend. Dieser Hund wollte bestimmt Elektriker werden, denn sie hat eine Fernbedienung für den Fernseher, ein schnurloses Telefon, Steckdosen und noch so ein paar Kleinigkeiten auseinander genommen um sie genau zu untersuchen! Aber das ist wohl normal, Hunde machen als Babies halt etwas kaputt, aber diese Zeit ging vorbei und sie war eine gelehrige Schülerin. Viele Tricks wurden ihr beigebracht, die Rolle, Pfötchen, Schuhe holen zum spazieren gehen, Bitte sagen, in Deutsch und in Englisch. Wir fanden es gut dem Hund einige Befehle in Englisch beizubringen, damit nicht jeder zu ihr sagen konnte, mach Sitz, mach Platz oder gib Pfötchen. Wir sind am Anfang wie die wilden von einer

Hundeausstellung zur nächsten gereist und haben auch einige Pokale für die beste Hündin ihrer Klasse abkassiert, aber dieses Hobby wurde irgendwann zu teuer und da wir keine Welpen züchten wollten eigentlich auch überflüssig. Auch war die anfängliche Feindschaft zwischen Katze und Hund irgendwann in Liebe und Freundschaft umgeschlagen und es war herrlich anzusehen, wie die Katze neben dem Hund lag und schlief. Anfangs musste Quietschi ihre Krallen mal sprechen lassen, aber Fee hatte dies schnell kapiert und so ließ sie die Katze in Ruhe und sie freundeten sich an.

Fee hat uns soviel Freude bereitet, sie war als Rottweiler in der Lage das Herz jedes Besuchers zu erobern und seinen Schoß, denn kaum hat derjenige auf unserer Couch Platz genommen, hat sich die Hundedame selbstverständlich auf den Schoß des Besuchers gesetzt oder direkt Wange an Wange neben dran mit ihren zierlichen 43 Kilos. Sie war einfach überall dabei, auch im Urlaub, beim Zelten und jeder Spaziergang war ein Abenteuer mit Mäusesuchen und dem Versuch den größten auffindbaren Stock mitzuschleifen. Einfach herrlich! Es folgten noch viele schöne Zeiten, doch manchmal hatte man das Gefühl, dass der Hund doch einsam war, auch wenn mein Partner durch seine Schichtarbeit immer in den Zeiten bei ihr war, die ich auf der Arbeit verbringen musste. Der Wunsch nach einem zweiten Hund war da, aber der Platz dazu fehlte in der Wohnung eigentlich. Doch dann kam es doch etwas später anders als wir es geplant hatten. Es ergeben sich manchmal Dinge, die man so nicht geplant hat.

BLACKY DER WEIHNACHTSMANN

Wie sich so manche Zufälle ergeben, hatten wir zwischenzeitlich ein eigenes Haus erstanden und jetzt auch genügend Platz um endlich den zweiten Hund zu holen. Wir sprachen mit Freunden darüber und es ergab sich, dass sie jemanden kannten, der seinen Rüden Blacky nicht mehr behalten konnte. Der Hund musste weg. Wir haben gleich „hier" gerufen und so kam es dass ich den schwarzen Mischling einen Tag nach Heilig Abend bei der Besitzerin abholen konnte. Wir hatten uns vorher schon mit dem Hund bekannt gemacht und Fee und er haben sich gut vertragen. Blacky, ein ganz lieber Genosse, ganz schwarz mit einer weißen Spitze am Schwanz und lustigen Ohren, hat sich auch gleich wohl gefühlt bei uns. Ich war glücklich über ein neues Wesen, welches ich verwöhnen und lieb haben konnte. Die Hunde haben herrlich gespielt und man hat gemerkt, dass Fee viel froher geworden ist.

Doch diese Freude war nur von kurzer Dauer. Bereits einen Tag nach Silvester rief die ehemalige Besitzerin bei mir an, in Tränen aufgelöst. Sie hätte einen Fehler gemacht, sie könne den Hund nicht hergeben und möchte ihn wieder zurück haben.

Mir wurde heiß und kalt im Magen. Mein Baby wieder zurückgeben - er war so verschmust, und da Fee mehr auf meinen Partner fixiert war, war Blacky mein Hund. Ich bat um eine Denkpause und besprach das Problem mit meinem Freund, doch wir kamen beide zu der Einsicht, dass es wohl schade für uns sei, aber da der Hund ja nur einige Tage bei uns war, es wohl besser sei, ihn der Frau wieder zurückzugeben.

Weltuntergangs-Stimmung für mich. Das neue Jahr hatte keinen guten Anfang genommen und einen anderen Hund wollte ich jetzt nicht, also war wieder alles wie vorher. Fee hat dies nicht viel ausgemacht, vielleicht hat sie gedacht - ach der Blacky war nur zu Besuch hier. Zwischenzeitlich ist Blacky leider im Alter von fast 16 Jahren aus Krankheits- und Altersgründen eingeschläfert worden. Er konnte nicht mehr aufstehen, wollte nichts mehr fressen, war taub und fast blind. Er hatte jedoch ein erfülltes schönes Hundeleben, aber auch nicht bei der ursprünglichen Besitzerin, sondern bei Freunden von meinem Mann. Sie waren diejenigen, die uns anfangs auf Blacky aufmerksam gemacht hatten und nach dem hin und her durch die Besitzerin, nahmen sie den lieben Hund schließlich selbst auf. Diese hatte sich schon ein paar Monate nachdem sie von uns den Hund zurückverlangt hatte, dann doch entschlossen Blacky endgültig abzugeben. So lebte er dann die vergangenen Jahre bei unseren Freunden.

Blacky

MIDLIFECRISIS ODER DIE ERSTEN REITSTUNDEN

Einer meiner Kinderträume war immer ein eigenes Pferd zu haben, doch dies schien immer unerreichbar. Zu teuer, zu zeitaufwendig usw. Jede Gelegenheit im Urlaub wurde genutzt um auf Pferden zu reiten. Früher hatte mein Großvater auch noch ein Acker-Pferd, eine Bella, da durfte ich ab und zu mal aufsitzen. Doch eigentlich wollte ich ja auch richtig reiten können. Als mein Alter sich immer näher an die Grenze 40 bewegte, bekam ich irgendwie Panik, das Gefühl, man müsste noch was Neues tun. Da neben der Praxis unseres Tierarztes auch ein Reitstall war, zog der mich immer mehr magisch an. So, jetzt wird mal was für mich getan, und schon hatte ich mich zu Reitstunden bei einer Reitlehrerin angemeldet, die Westernreiten unterrichtete. Dieser Reitstil hat mir mehr zugesagt, da die Pferde nicht so eng am Kopf gebunden werden und einfach ohne soviel Zwang wie beim Englisch-Reitstil geritten werden. Die Reithilfen werden viel durch die Verlagerung des Körpergewichtes gegeben und es ist eine faszinierende Sache. Jeden Freitagabend bin ich von nun an dahin gepilgert. Für ein ganzes Jahr.

Es war einfach toll, Pferd putzen, satteln und ab aufs Pferd. Am Anfang mit einem Stuhl und irgendwann habe ich es geschafft mein Fliegengewicht von 100 kg auch ohne Stuhl aufs Pferd zu bringen. Meistens ritt ich auf der älteren Stute Betty. Eine ruhige ausgeglichene, so dachte ich, denn so ruhig wie sie tat, war sie gar nicht. Meinen ersten Galopp machte ich unfreiwillig, als Betty sich erschreckte und im Galopp mit mir oben drauf durch die

Reithalle schoss, irgendwann blieb sie dann stehen und ich hatte mich gut festhalten können auf dem Westernsattel, aber erschreckt hatte ich mich schon. Ein anderes Mal hatten wir eine Stute ohne Reiter mit in der Halle laufen und die hat sich erlaubt sich Betty in den Weg zu stellen und ihr nicht auszuweichen.

In einer Herde gibt es immer eine Leitstute und alle anderen Pferde müssen sie respektieren und ihr aus dem Weg gehen. Dies hatte sich Pixie erlaubt nicht zu tun. Was hat nun Betty wohl gemacht, mit mir noch im Sattel wohlbemerkt? Sie hat sich mit ihrem Hinterteil in Richtung Pixie gedreht und ihr mit den Hinterhufen ein paarmal eine gefeuert. Jippiee, die Rodeoreiterin! Es ging fast eine Minute auf und ab. Ich war zu Stein erstarrt auf dem Pferd hatte mich aber wacker gehalten. Die Reitlehrerin hatte sich vielmals bei mir entschuldigt, es war vielleicht meine 8. Reitstunde und dann so was.

Ab diesem Erlebnis war irgendwie auch der Wurm drin und ein wenig Angst hatte sich eingeschlichen. Auch war die Lehrerin sehr launisch und streng und eigentlich hatte ich keine Lust, etwas was mir Spaß machen sollte mit einem unguten Gefühl anzugehen. Außerdem war es verboten die Pferde zu füttern oder gar viel zu streicheln und ich wollte ja nicht nur reiten, sondern auch etwas mehr mit den Pferden zu tun haben. Auf einem Ausritt mit Pixie, die ich später reiten durfte, hatte ich eine kleine Richtungswechseldiskussion mit dem Pferd, die darin endete, dass die Stute mit mir einfach für circa 30 Meter davon preschte. Ich bekam sie zum Stehen und war eigentlich ganz stolz darauf, doch die Hexe von

Reitlehrerin hat mich so angeschnauzt, dass mir der Kragen dieses Mal platzte.

Ich bin abgestiegen, habe ihr noch unter Tränen ein paar Worte entgegen geworfen, um mich dann zu Fuß zu verabschieden. Meine letzten Worte waren dann so was wie „ich suche mir ein eigenes Pferd". Sie war endlich auch mal sprachlos und hat mir etwas geschockt hinterher geschaut. Habe auch seitdem die Dame nie wieder gesehen. Jedenfalls habe ich von anderen Reitschülern später gehört, dass sie sich öfters so benommen hat und im Allgemeinen nicht sehr behutsam mit ihren Reitschülern umgegangen ist. Ich jedenfalls habe trotzdem bei ihr etwas ganz wichtiges gelernt und das war vor allem, sich durchzusetzen und sich nicht alles gefallen zu lassen!

EINE WAHRE LADY

Nach dem Vorfall mit der Reitlehrerin war ich so demotiviert und voller Zweifel, ob ich wohl unfähig war zum Reiten. Auf jeden Fall hatte ich in der Zeitung ein paar Wochen später gelesen, dass eine Reitbeteiligung für eine liebe Stute gesucht wird und dies war ganz in meiner Nähe. Natürlich habe ich angerufen und bin auch zu dem Pferd gefahren und die schöne Braune hat mich verzaubert. Von nun an war es vorbei. Auch wenn das Mädchen, dem die Stute gehörte fast nie zu ihrem Pferd gefahren kam, außer wenn ich sie abholte, war ich mindestens zwei bis dreimal die Woche dort. Fee konnte ich auch mitnehmen und ich hatte anfangs mit dem Pferd nur Spaziergänge unternommen. Sie war nicht western-geritten sondern englisch und ich traute mich noch nicht auf ihr zu reiten.

Fee liebte es bei den Pferden dabei zu sein. Es gab auf diesem wunderschönen Landgut welches neben einer alten Klosterruine lag, noch einige andere Pferde die dort bei dem Bauern untergestellt waren. Die Kosten waren monatlich 160 Euro was eigentlich noch geht, doch es waren immer 10 km eine Wegstrecke zu fahren. Die Pferdeherde stand auf wunderschönen Wiesen direkt am Fluss und wenn ich dort war, war es wie in einer anderen Welt zu sein. Fee spielte regelrecht mit den Pferden und war immer begeistert wenn Lady vor ihr davon lief, doch auch sehr erstaunt, wenn sich die Stute plötzlich herumdrehte und ihr hinterher jagte.

Es begann eine herrliche Zeit. Wohl zum Nachteil für meinen Lebensgefährten, denn der sah mich immer weniger und mit Pferden hatte er nichts am Hut, aber ich habe ihm ja auch nicht verboten mit seinem Motorrad stundenlang spazieren zu fahren. Wie schon erwähnt, das Mädel kam nur mit zu ihrer Lady wenn ich sie abholte und ansonsten hatte sie keine Lust, keine Zeit, Verabredung mit dem Freund etc. . So ist das wohl heute mit 16. Ich hätte vieles dafür gegeben mit 16 ein eigenes Pferd zu haben. Lady war eine ganz liebe aber auch etwas schreckhafte Stute, aber wir kamen ganz gut zurecht. Ich bin dann irgendwann auch aufgesessen aber nur auf dem Reitplatz und ins Gelände alleine habe ich mich nicht getraut. Ich hatte zwar noch ein paar nette Reitkolleginnen kennen gelernt, die mit mir üben wollten, doch dazu kam es irgendwie nie.

Nach fast einem Jahr kam es plötzlich zur Sprache, dass die Eltern des Mädels sich aufgrund ihrer Scheidung nicht mehr bereit erklären wollten, für die Stallmiete und die Tierarztkosten aufzukommen und Lady sollte zum Schlachter, da sie mit ihren 20 Jahren keiner mehr kaufen würde. Sind die denn verrückt? Auf keinen Fall durfte dies geschehen! Ich war so geschockt, wie man so was einfach dahin sagen konnte, aber ich versprach Caroline ich würde einen anderen Platz für Lady finden. Beim mir im Dorf war ein junges Mädel mit der ich schon öfter mal gesprochen hatte, die auch ein Pferd und ein süßes Pony besaß. Mit ihr sprach ich über das Problem von Lady und ruckzuck hatten wir einen Plan. Lady durfte auch zu ihr auf die Weide. Bisher hatte sie ihre Pferde im Winter bei einem Bauern untergestellt und dies wurde ihr auch zu teuer. Wir müssten dann nur einen Stall für den Winter zusammen bauen und uns noch zusätzliches Weideland suchen. Somit war allen Beteiligten geholfen.

Die Pferdebesitzerin Caroline und ihre Eltern waren einverstanden. Ich würde die Hälfte von allen Kosten tragen und so konnte Lady zu mir ins Dorf umziehen. Hurra, jetzt konnte ich sie sogar jeden Tag sehen!! Keine Fahrerei mehr. Jeder längere Spaziergang mit Fee führte zu den Pferden. Was für ein Glück. Zwar noch kein eigenes aber immerhin nun ein halbes Pferd.

Lady

DER STALLBAU UND DAS PFERD, DAS NUR ZUR PFLEGE KAM UND DOCH DA BLIEB

Der Umzug von Lady lag schon ein paar Wochen zurück und wir hatten ein Grundstück gepachtet, wo unser Stall hin sollte. Es ging los. Zu erst mal der Plan. Das war gar nicht so einfach. Ich kontaktierte eine Zimmerei, der Inhaber entwarf einen tollen Plan für einen Holzstall Größe 8 m x 5 m. Schließlich sollten die Pferde ja auch genug Platz haben. Der Plan war super! Man konnte auf der Computerzeichnung alles erkennen, die Maße und wo welcher Balken entlang lief. Doch der Preis war umwerfend. Die Summe von 2000 Euro hatten wir Mädels nicht erwartet und konnten wir uns auch nicht leisten, doch den Plan durften wir behalten. Ich habe alle möglichen Leute gefragt und tatsächlich jemanden gefunden, der zufällig jemanden kennt, der gelernter Dachdecker ist. Der Mann muss her. Ich muss noch erwähnen, dass meine beiden Männer zu Hause sich geweigert haben bei dem Pferdezeugs irgendwas mit zu helfen, sie waren dagegen, denn schließlich war ich ja plötzlich nicht mehr so verfügbar für die häuslichen Arbeiten, aber ich setzte mich durch. Also, der Dachdecker hat sich dann bereit erklärt für uns das Stallgerüst zu stellen, zunageln wollten wir den Stall dann selbst. Wir fingen dann an Löcher für die Fundamente zu buddeln, strichen tagelang abends nach Feierabend die Balken mit Holzlasur gegen die Witterung und endlich ging es los. Bald stand das Gerüst und Stück für Stück ging es voran. Für die Seitenwände hatte ich von meinem Arbeitsplatz alte Paletten ergattert und auch anderes Holz, welches aus Verpackungen von großen

Wärmeaustauschern und Kühlern welche wir herstellen, stammte. Mein Chef war in der Beziehung sehr unterstützend. Ich konnte alles Restholz haben und auch noch umsonst. Der Vater meiner Stallkollegin Marie und ihr Bruder wurden öfters tätig und so ging es immer weiter. Die Einzäunung des neuen Geländes welches als Winterquartier gedacht war, übernahmen wir Mädels. Insgesamt 138 Pfähle haben wir in die Erde geschlagen, dreimal so viele Isolatoren angebracht und kilometerlang Weideband für die Stromübertragung gespannt. Ich kann es heute gar nicht mehr glauben wie motiviert wir waren, aber wir haben es hinbekommen. Jedes Wochenende und jeden Sommerabend waren wir fleißig auf der Koppel am arbeiten.

Die Besitzerin von Lady hatte aber leider weder für ihr Pferd noch für den Stallbau Zeit und immer eine Ausrede parat wieso sie nicht kommen könnte. Geld für das Material hatte sie auch nie. Ich bin vielleicht einfach zu gutmütig oder hatte Mitleid mit dem Mädel: „die Scheidung ihrer Eltern, das arme Kind". Meine Stallkollegin Marie hat schön geschimpft, doch ich habe fleissig zwei Drittel bezahlt und wollte doch nur, dass es Lady gut geht. Und ihr ging es gut. Sie fühlte sich bei dem Pony „Moonlight" und der Tinka-Shire-Mixstute „Darkstar" sehr wohl. Mir war das mit dem Geld so egal, ich war einfach nur happy. Es verging Monat um Monat und ich glaube insgesamt zweimal in diesem Jahr nur kam die Besitzerin ihr Pferd besuchen. An Geld hatte sie einmal 100 Euro dabei, die hatte der Freund ihr spendiert. Es war mir eigentlich nicht wichtig, Hauptsache war, dass Lady bei mir bleiben konnte. Jetzt hatte ich fast ein eigenes Pferd, zwar nicht auf dem Papier, aber ich konnte jetzt auch Reiten wie ich wollte und wann immer. Wie sich später zeigen sollte, würde Lady doch irgendwann auch auf dem Papier ganz zu mir gehören, was wohl zu diesem Zeitpunkt weder mir noch der Besitzerin klar war, aber fest stand einfach, dass es so auf keinen Fall mehr weitergehen konnte.

REITAUSFLÜGE MIT UND OHNE FOLGEN

Meine Freundin Marie überzeugte mich, dass ich für einen richtigen Ausritt mit Lady auch einen richtigen Sattel bräuchte. Wir fuhren zu einem Sattel-Shop und die Dame kam dann irgendwann mit Sätteln zur Anprobe vorbei und hatte auch den richtigen Sattel für Lady gefunden. Ein toller Westernsattel - aber ich fiel fast um als sie mir den Preis nannte. Nee, nee, jetzt hatte ich schon über 500 Euro für den Stallbau gelassen und ein Sattel für 1000 Euro. Unmöglich die auf einen Schlag zu zahlen. Die Verkäuferin war so nett und ich konnte ihr den offenen Betrag in Raten zahlen. Der Sattel hatte noch 10 Jahre Garantie auf den Sattelbaum und ich könnte ihn jederzeit wieder für fast die gleiche Summe verkaufen.

So jetzt ausgerüstet ging es los. Aber im Gelände konnte man ja Lady nicht mit einem der netten Pferde aus den Reitstunden vergleichen. Denn Lady machte was sie wollte. Die erste Ausritte in der näheren Umgebung vom Stall waren eigentlich ganz nett und ich dachte ach wie herrlich. Doch bei unserem ersten längeren Ausritt war ich doch erstaunt was so alles passieren kann. Wir ritten durch den Wald und da bei uns in der Gegend doch die Landschaft etwas hügelig ist, dachte ich noch, da geht es aber seitlich ganz schön weit runter am Rande der Waldwege. Ein paar Minuten später blieb Lady vor einem Baumzweig stehen, der quer über den Waldweg herunter hing. Ich hatte sie auf Spaziergängen schon an den Wald gewöhnt da sie etwas ängstlich war und wollte sie vorantreiben. Doch was machte sie, sie ging rückwärts und gleichzeitig seitwärts und plötzlich waren wir ein paar Meter den Abgrund seitlich der Wege hinunter gerutscht. Ich weiß nicht, ob ich vom Pferd herunter gesprungen bin oder ob mein Schutzengel mich herunter gehoben hat, plötzlich stand ich neben Lady und bekam es irgendwie hin sie zu beruhigen. Meine Freundin war abgestiegen und half von oben mich und das Pferd wieder auf den sicheren Weg zu bringen. Das hätte ins Auge gehen könnten. Zum Glück war Lady nicht gestiegen sondern ruhig stehen geblieben, sonst wäre mir außer den paar Schrammen wohl Schlimmeres passiert. Aber egal, nachdem ich mich beruhigt hatte und ein paar Meter mit Lady gelaufen war, kam doch die Einsicht, besser wieder aufzusteigen und nicht die vier Kilometer bis nach Hause zu Fuß zu laufen. Es war auch auf dem Heimritt alles gut. Aber der Schreck saß mir ganz schön in den Gliedern und meinen Männern habe ich diesen Vorfall natürlich nicht erzählt.

Es folgten natürlich auch schöne Ausritte, die ich sehr genossen habe aber prägend waren die mit dem unfreiwilligen "Absteigen". So ergab sich auch ein anderes Mal, dass meine Freundin ihr Pony mit dabei hatte und dieses liebe Pony plötzlich das Weite suchte. Natürlich hat sie versucht das Pony einzufangen und ist mit ihrem Pferd dem Pony hinterher. Was hat meine Lady gemacht? Sie "klebt" - das bedeutet sie will immer bei den anderen Pferden sein und ist natürlich auch gefolgt. Ich konnte zuerst auch ganz gut mithalten, doch dann ist meine Süße auf eine Wiese gewechselt und plötzlich hat sie das Pony und Darkstar nicht mehr sehen können. Dreimal könnt ihr raten was jetzt kam. Man hat sich unsanft der Reiterin - das war ich - entledigt und ist davon gejagt den anderen hinterher im Galopp. Ich saß auf der Wiese und getraute mich gar nicht mehr aufzustehen, denn ich hatte Angst es wäre etwas zu Bruch gegangen. Bin dann langsam aufgestanden und den Pferden und Marie hinterher. Meine Freundin hatte sich natürlich Sorgen gemacht und nach mir gesucht. Mit leichten Schmerzen am Po bin ich wieder aufs Pferd und wir sind nach Hause geritten. Zum Glück habe ich mir nicht weh getan dachte ich, doch welcher Trugschluss. Im Laufe des Nachmittags wurden die Schmerzen immer heftiger. Ich hatte mir schlimm das Steißbein geprellt und konnte fast drei Wochen lang kaum laufen ohne Schmerzen. Zu Hause habe ich heldenhaft versucht die Schmerzen zu verbergen und die Zähne zusammen-gebissen, damit keiner was merkt.

Beim nächsten Ausritt saß mir natürlich die Angst im Nacken und dann ist auch passiert was ich befürchtet hatte. Die Pferdedame fing an rückwärts zu gehen und zu tänzeln, sie spürte meine Angst und ich konnte dann auch nicht mehr weiter reiten. Ich stieg ab und lief mit ihr zu Fuß nach Hause und habe mich auch nicht mehr getraut sic zu reiten. Es war ja auch mittlerweile Herbst und ich dachte, na ja, im Winter nehme ich noch ein paar Reitstunden und dann bekomme ich diese Angst schon wieder in den Griff.

FEE´S LETZTER WINTER

Dieses Kapitel aufzuschreiben fällt mir sehr schwer, doch ich wollte ja alles aufschreiben. Der Herbst in diesem Jahr war sehr schön und nach den Reitunfällen mit Lady verbrachte ich hauptsächlich meine Zeit mit Fee. So ein lieber Hund. Sie hatte einfach immer was zu bieten und es wurde nie langweilig mit ihr.

Irgendwann im September bemerkten wir, dass sie auf dem Rücken in der Leistengegend einen Knubbel so ne Art Beule hatte. Na ja, vielleicht ist sie gestochen worden dachte ich, doch da ich in allem sehr genau bin und lieber einmal zu viel als zu wenig zum Tierarzt gehe, habe ich sie dort vorgestellt. Zum Glück habe ich einen sehr guten Tierarzt, heute von hier aus nochmal danke Jörg! Jörg Maschtowski ist ein typischer Landtierarzt, zwar für manche die ihn nicht kennen etwas gewöhnungsbedürftig, aber er hat viel Berufserfahrung und mich bisher mit meinen Tieren immer gut beraten. Für alle, die es interessiert - Jörg war und ist auf VOX in der Sendung „Menschen Tiere und Doktoren zu sehen". Er ist ein echtes Unikat und ich kenne ihn schon aus meiner Schulzeit.

Er tastete Fee ab und riet mir zum Röntgen, da es so ungewöhnlich war, dass der Knubbel auf ihrem Rücken so plötzlich da war. Seine Diagnose war niederschmetternd. Mein Hund hatte Knochenkrebs, direkt auf der Wirbelsäule. Man konnte dies auf dem Röntgenbild ganz deutlich erkennen. Jörg sagte, dass dies wahrscheinlich schön länger am Wachsen war und man hat es dann auf einmal auf dem Rücken fühlen und sehen können. Ich war fassunglos vor Angst. Unsere geliebte Fee! Was soll geschehen. Jörg telefonierte sofort mit einem Kollegen in einer Tierklinik, der sich auf solche Sachen spezialisiert hatte, er selbst könne so etwas Kompliziertes nicht operieren. Am nächsten Tag wurde unser Schatz gleich operiert. Ein Bangen und Warten doch wir hatten Glück. Die Operation verlief gut und schon einige Tage später konnte Fee wieder gut laufen. Alles verheilte wunderbar. Der Arzt erklärte, dass der Tumor direkt auf den Wirbelspitzen saß und er hatte drei Wirbelspitzen quasi abgesägt, damit nichts nachwachsen könnte. Es würde der Stabilität des Rückens von Fee nichts schaden. Jetzt mussten wir drei Monate warten bevor man auf einem Röntgenbild prüfen konnte, ob der Krebs wieder zurückkommen würde. Was für eine furchtbare Zeit, aber jeder Tag mit unserem Hund war wie ein Geschenk. Ohne Jörgs schnelle Diagnose und die folgende OP wäre sie schon längst gestorben.

Es wurde ein sehr sehr schöner Winter. Viel Schnee und Fee liebte dies und auch sich darin auf dem Boden zu wälzen. Sie tat dass oft und es schien ihrem Rücken gar nichts auszumachen. Es ging ihr einfach nur gut, sie aß immer gut und war einfach gut drauf. Nach den drei Monaten dann eine positive Nachricht: auf den Bildern war nichts mehr zu sehen. Der Kliniktierarzt sagte, wir hätten Glück gehabt, dass wir so schnell zu ihm geschickt wurden und seiner Meinung nach würde der Krebs nicht mehr nachkommen. Wir konnten unser Glück und das von Fee kaum fassen. Wir liebten diesen Hund über alles und wollten sie im Alter von 8 Jahren noch nicht hergeben.

Ein halbes Jahr später musste Fee wegen einer kleinen Verletzung am Auge operiert werden. Nichts Besonderes. Das Augenlid war nach innen gekippt und so scheuerten die Wimpern an der Hornhaut. Eine typische Erkrankung bei Rottweilern oder auch anderen großen Hunderassen. Es verlief auch alles problemlos. Für das Ziehen der Fäden am Auge bekam sie eine Spritze in den hinteren Oberschenkel, da es zu gewagt war die Fäden so zu ziehen. Ein paar Tage später fing sie an zu humpeln. Ganz wenig nur. Jörg sagte: „Na ja, kann ja sein, dass ich mit der Spritze am Bein den Muskel falsch getroffen habe" und wir behandelten den Hund dahingehend. Aber es wurde nicht besser, es wurde immer schlimmer. Innerhalb einiger Tage wurde es so schlimm, dass ich Fee mit einem Handtuch unter der Hüfte hochhalten musste, damit sie in den Garten laufen konnte um ihre Bedürfnisse zu verrichten. Sobald ich das Handtuch los lies würde sie hinfallen. Sie hatte keine Kontrolle mehr über ihre Beine. Jörg, mein Tierarzt war ratlos und sagte es könne wohl doch sein, dass der Krebs wieder nachgewachsen war und wenn wir es genau wissen wollten bevor wir den Hund einschläfern müssten, da gäbe es ein CT für Tiere, würde aber 600 Euro kosten. Wir natürlich dorthin und der Hund wurde in der Röhre untersucht. Ein sicheres Zeichen sei, falls Krebs vorhanden wäre, wenn das Kontrastmittel in dem Gewebe bleibt. Bei der Aufnahme von Fee lief es aber raus, somit dachten wir kein neuer Krebs sei da.

Der untersuchende Arzt sprach mit der Tierklinik in der Fee vorher operiert wurde und besprach die Bilder mit Dr. Höhner. Die Herren waren sicher es sei nur ein Bandscheibenkern der auf den Nerv drückt und an der Stelle, an der vorher die Wirbelspitzen abgetragen wurden. Deswegen konnte der Hund nicht mehr laufen. Also, man konnte nochmal operieren. Es war kein Krebs. Wir waren so glücklich. Unser Baby wird weiterleben, es ist nichts Schlimmes, so hämmerte es die ganze Nacht in meinem Kopf. Mein Lebensgefährte konnte zu der Zeit nicht viel aus dem Haus, weil er auch aufgrund eines Fußgelenkbruches auf Krücken ging. So bin ich mit Fee dorthin gefahren und war positiv gestimmt. Auch als Dr. Höhner sich die Bilder der Schichtaufnahme ansah bestätigte er, dass es wohl der Bandscheibenkern sei. Kosten der OP 700 Euro. Aber Geld spielte hier keine Rolle, es waren dann ja nur 2.500 Euro die wir insgesamt ausgegeben hatten. Das war egal, wichtig war uns nur, dass Fee wieder gesund wird. Es ging ihr ja auch die ganze Zeit wieder so gut!

Ich blieb bei ihr bis sie von der Narkosespritze eingeschlafen war und sie war ohne Angst, denn sie merkte, dass ich keine Angst hatte und positiv gestimmt war. Ich war ja der festen Überzeugung der Hund wird an der Bandscheibe operiert und dann wäre wieder alles in Ordnung. Dr. Höhner sagte, er würde mich nach der OP anrufen und ich könnte sie dann am nächsten Tag abholen, sie müsste eine Nacht zur Beobachtung dort bleiben. Ich fuhr noch kurz in die Stadt und machte mich dann auf den Weg zurück zur Arbeit. Hier noch ein Dankeschön an meinen Chef. Egal welche Probleme ich mit meinen Tieren oder ansonsten privat hatte, er hat mir immer frei gegeben. Kurz bevor ich in meiner Firma ankam klingelte mein Handy, ich fuhr an den Straßenrand, mein Herz klopfte ganz wild, es war Dr. Höhner. Was er mir zu sagen hatte nahm mir fast die Luft zum Atmen.

Fee, meine gute Fee, sie lag noch auf dem OP-Tisch in Narkose. Er sagte, es würde ihm sehr leid tun, doch er könne nichts mehr für den Hund tun, außer sie einzuschläfern. Nachdem er an der zu operierenden Stelle aufgeschnitten hätte, sah er die Bescherung. Der Krebs war zurück und hatte die ganzen Wirbel zerfressen, Fee hätte wohl auch schlimme Schmerzen bekommen wenn es noch weiter so gegangen wäre. Da sie nicht mehr laufen konnte und die Knochen in ihrem Rückrat praktisch jederzeit zerbrechen würden, wäre es egoistisch sie nochmal wach werden zu lassen. Ich stimmte zu unseren Engel zu erlösen. Wie sollte ich das meinen Männern erzählen!

Wie ein Roboter fuhr ich zur Arbeit, erzählte unter Tränen meinem Boss alles und nahm Urlaub für die nächsten zwei Tage. Nun fuhr ich heim und erzählte Jeff was passiert war. Es war ein Mittwoch, als sie starb. Das Schlimmste war nicht das Weinen und die Trauer bei uns allen, doch ich musste abends zur Klinik fahren und meinen toten Hund abholen. Mein Lebenspartner Jeff sagte, er könne dies nicht ertragen. Das war die schrecklichste Fahrt die ich je machen musste. Ein Freund hat uns dann geholfen sie abends im Garten zu beerdigen. Sie hat jetzt dort ein schönes Grab, mit

Blumen und einem kleinen Rottweiler aus Stein. Ich vermisse sie immer noch sehr, sie hat mir soviel Liebe geschenkt und war eine Kameradin und Freundin für uns alle!

KANN MAN DURCH EINEN ROTTWEILER ZUM NICHTRAUCHER WERDEN?

Unerträgliche Stunden waren über uns hereingebrochen. Fee war einfach weg und das Haus war wie tot. Ich konnte es dort nicht aushalten. Mein Lebensgefährte war noch schlimmer dran, da er wegen seiner Verletzung ans Haus gefesselt war. Ich rief gleich am Tag nach Fee´s Tod im Tierheim an. Es gab keine Welpen oder junge Hunde. Ich erzählte der Dame mein Leid. Sie sagte: „Sie werden es nicht glauben, wir haben seit ein paar Wochen hier ein Rottweilerweibchen, sie heißt Darling und sie trauert so sehr und ist so unglücklich hier." Auch Darling hatte im August Geburtstag, Fee am 03. und sie am 08. Sie war jetzt eineinhalb Jahre alt aber das Gespräch ließ mich den ganzen Tag nicht los und obwohl ich eigentlich nicht hinfahren wollte, habe ich meinen Mann bequatscht und wir sind zehn Minuten vor Torschluß im Tierheim angekommen. Die Dame sagte, dass leider schon alle Hunde in ihren Boxen seien und nicht mehr im Auslauf. Ich wollte ja auch nur nach einem Hund schauen. Sie sagte mir welchen Gang und welche Box. Wie ferngesteuert lief ich durch das Tierheim. Die Hunde schauten mich alle erwartungsvoll an, dann kam ich endlich an Darling´s Box an. Ich war wie verzaubert. Was für eine Hübsche. Ich kniete vor der Box nieder und schaute in die wohl liebsten und traurigsten Hundeaugen. Sie saß an die Wand gelehnt und schaute mich so traurig an. Ich hielt meine Hand an das Gitter und es wurde eine warme Pfote von drinnen dagegen gedrückt. Für einen Moment dachte ich, es wäre Fee in deren Augen ich schaute. Es war Liebe auf den ersten Blick. Mir war klar,

Darling durfte mit zu uns. Mein Partner schaute sie sich auch noch an und das Tierheim erklärte die Formalitäten. Sie würden sich am nächsten Tag unser Haus anschauen um zu prüfen, ob wir auch genügend Platz für einen großen Hund haben und dann könnten wir sie abholen. Das war dann schon Samstag, drei Tage nach Fee´s Tod. Für manche vielleicht unverständlich, aber ich konnte nicht ohne Hund sein. Wenn ich meiner Fee nicht mehr helfen konnte, dann wollte ich einem anderen Hund helfen können und das konnte ich nun tun. Wenn ich es nicht genau wüßte, würde ich behaupten, dass ein Teil von Fee in Darling hinein geschlüpft war. Dieser Hund benahm sich so als ob er schon immer bei uns wäre. Auch hat sie sich als wäre es ganz selbstverständlich abends zu uns ins Bett gelegt.

Während der Zeit, in der Fee so krank war, rauchte ich vor Sorgen und Nervosität wie ein Schlot. Es war schlimm. An dem Samstag an dem Darling zu uns kam, ging ich gleich mit ihr los um einen schönen langen Spaziergang zu machen. Hinauf in die Weinberge. Sie war wohl etwas flotter unterwegs als unsere kranke Fee. Ich hatte Mühe mitzuhalten. Da ich selbst ja kein Leichtgewicht bin und auch bedingt durch den vielen Zigarettenkonsum, war ich fix und fertig bis wir oben auf dem Berg angekommen waren. Mir blieb fast buchstäblich die Luft weg. Ich hatte solche Herzschmerzen und wirklich schlimme Atemnot, dass ich mich von einer auf die nächste Sekunde entschied - so das war´s - keine Kippen mehr!! Ich habe es tatsächlich umgesetzt und seit diesem Spaziergang vor nun über sechs Jahren keine Zigarette mehr geraucht. Von Monat zu Monat ging es mir gesundheitlich besser. Ich hatte ja einen tollen Übungspartner. Sie zerrte mich immer wieder den Berg hoch. Zerren und ziehen war nicht gut, dieser Hund musste lernen besser zu gehorchen, also meldete ich uns beim hiesigen Hundesportverein an und belegte meinen ersten Kurs mit Darling. Da dieser Hund gerne Leckerchen frisst, wird das alles ganz einfach dachte ich. Doch vor uns lag ein langer und steiniger Weg.

Darling ist wirklich ein wahrer Liebling!

DIE BEGLEITHUNDEPRÜFUNG MIT HINDERNISSEN

Zu dieser Zeit besuchte ich immer noch Lady auf dem Gutshof und nahm Darling auch mit so oft ich konnte. Sie liebte es dem Pferd hinterher zu jagen und auch Lady, die dieses Spiel ja von Fee schon kannte, machte gerne mit. Dieser Hund war nicht müde zu bekommen. Doch an einem schönen Nachmittag passierte es. Ich ging mit Lady runter zum Fluß und Darling flitzte auch herum im hohen Gras. Plötzlich kam sie angehumpelt. Man hatte kein Jaulen gehört und kein Aufschrei, doch ihr hinteres Bein hing einfach so runter. Es baumelte hin und her. Was war das denn jetzt? Hoffentlich war es nicht schlimm. Ich brachte das Pferd schnell zurück auf die Weide und dann mit dem auf drei Beinen humpelnden Hund schnellstens zum Tierarzt Jörg. Schöne Bescherung sagte er. „Jetzt hast Du gerade soviel mitgemacht mit Eurer Fee und kaum hast Du den neuen Hund einen Monat schon hast Du wieder Ärger und Sorgen." Ein Kreuzbandriss, eindeutig! Wir diskutierten die Möglichkeiten und Jörg erklärte mir die Vor- und Nachteile einer teuren Operation.

Wir entschieden uns für den langen Weg, was bedeutete den Bandriss so verheilen zu lassen und das Bein so zu trainieren, dass die Muskulatur das Bein hält. Dies bedeutete ade Hundeplatz, keine langen Spaziergänge, kein Toben und Herumtollen. Nur gezieltes Training. Nur an der Leine spazieren führen. Erst je 10 Minuten pro Tag zwei Wochen lang, dann 15 Minuten usw. später kam das Schwimmtraining im Fluss hinzu.

Ich hätte nicht geglaubt, dass wir dies so hin bekommen würden. Darling ist ein lauffreudiger Hund und es war schwer sie zu bremsen. Aber es hat funktioniert und dem Hund später die Arthrose erspart und uns eine schöne Stange Geld. Es hat schließlich fast ein Jahr gedauert, bis man sagen konnte, sie kann wieder richtig laufen. Immer wieder, wenn sie dann rumgetobt hat, hat sie wieder angefangen zu humpeln. Irgendwann war es dann endlich gut. Sie macht uns solche Freude und nach einem weiteren halben Jahr Training auf dem Hundeplatz, haben wir dann auch endlich die Prüfung mit Verspätung bestanden. Ich musste als Hundeführer einen Sachkundenachweis erwerben und 150 Fragen zum Thema Hund und Hundehaltung beantworten. Ich habe fleissig gebüffelt und mit Darling den Parkour geübt. Auch wenn wir an dem Tag die letzten auf dem Platz waren, da unsere Hundedame auch noch ein paar Tage vor der Prüfung läufig wurde und deswegen beinahe nicht teilnehmen durfte, lief sie wie von einer magischen Hand geführt mit mir über den Parkour als würde sie sonst nichts tun. Wir hatten bestanden!! Man muss hier noch bemerken, dass diese Rottweilerdame nicht immer beim Üben so einsatzfreudig war und ich eigentlich ziemlich sicher war wir würden die Prüfung nicht schaffen. Denn wenn sie keine Lust hatte, trottete sie fast einen Meter hinter mir her oder legte sich einfach hin oder was ihr sonst noch so eingefallen ist. Ich war jedenfalls stolz wie Oskar auf sie an diesem Tag!!

Darling ist ein so liebenswerter Hund und ich könnte endlos von ihr erzählen. Wie jeder Hund frisst, spielt und faulenzt sie gerne. Sie freut sich immer so riesig, wenn einer von uns nach Hause kommt und dann werden alle Spielzeuge herbei geschleift. Sie macht jedoch nichts kaputt, sondern die kleinen Stofftiere und Bälle, alte Socken und sonstige Spielzeuge werden gehegt und gepflegt. Sie ist überglücklich, wenn dann am Abend jemand ihren Bauch krault, nachdem sie sich gestreckt und auf den Rücken gedreht hat als wollte sie sagen, „so jetzt verwöhnt mich". Sie ist ein absoluter Familienhund, so wie auch Fee es war und es ist so schade, dass ihre Rasse, der böse Rottweiler einen solch schlechten Ruf hat. Dennoch, die Nummer 1 unter den Beißern in Deutschland ist der deutsche Schäferhund, aber auch ein kleiner Hund kann einem Menschen Schaden zufügen.

Jeder Hund wird sich so entwickeln wie er erzogen und gehalten wird. Mit viel Liebe und ein wenig Disziplin, kann da eigentlich nur ein guter Hund als Ergebnis herauskommen. Schade für alle die armen Hunde, die durch ihre Halter verzogen werden oder mutwillig aufs Beißen hin trainiert werden. Jeder von diesen Menschen sollte mal ein paar Tage in einem Tierheimkäfig sitzen müssen, wo oftmals später solche Beißer landen, die dann von keinem mehr gewollt werden und leider viel zu oft eingeschläfert werden müssen.

Etienne

TAUSCHE KATZE GEGEN THERAPIEPFERD

Unsere geliebte Katze Quietschi war mit ihren fast 16 Lebensjahren schon weit gekommen in ihrem Katzenleben, doch leider hat auch sie eine Krankheit ereilt. Sie hatte einen wuchernden Tumor, den wir schon zweimal wegschneiden ließen, doch leider wuchs er immer wieder nach und das Loch was geschnitten werden musste wurde immer größer und nach der zweiten Operation wuchs der Tumor schon nach zwei Monaten zurück. Das Kätzchen hatte sich die Stelle jetzt aufgeleckt und der Tierarzt sagte, es hätte keinen Zweck mehr. Sie war zwar immer noch recht munter aber man merkte schon kurz vor Weihnachten, dass sie immer mehr abgenommen hatte, so haben wir sie dann Anfang Januar erlöst. Sie ist ganz ruhig eingeschlafen in meinen Armen. Doch diesmal konnte ich mich nicht so schnell durchsetzen und gleich ein neues Kätzchen anschleppen. Mein Mann hat gestreikt. Keine Katze mehr. Am 4. Januar dann bekam ich beim Einkaufen ein Probeexemplar der Tageszeitung in die Hand gedrückt. Zufälligerweise stand da unter der Rubrik Tiere: braves Therapiepferd zu verschenken! Nach einem kurzen Telefonat mit meiner Freundin war klar, wir fahren morgen da hin. Wieso nicht, anstelle einer neuen Katze, ein neues Pferd! Auf Lady konnte ich vor soviel Angst nach meinen Unfällen nicht mehr reiten und außerdem gehörte sie zu dem Zeitpunkt noch nicht mir. Jetzt konnte ich ein eigenes Pferd bekommen und sogar geschenkt. Dort bei dem Besitzer angekommen war ich hin und weg. Eine wunderschöne dunkelbraune fast schwarze Stute. Sie hieß Etienne. Wie Edel ein Stadtpferd! Der Besitzer gab sie nur in gute Hände ab, weil er sie aus Kostengründen nicht mehr selbst behalten konnte und sie "kleine" gesundheitliche Mängel hatte. Als Therapiepferd für die tägliche Arbeit war sie nicht mehr einsetzbar. Etienne war ein Kopper, sie hatte einen Herzklappenfehler und einen Hahnentritt. Aber egal, ich wollte sie trotzdem. Sie sollte es noch eine Weile gut haben bei mir. Am Anfang war es merkwürdig mit diesem Pferd. Etienne schien in einer ganz anderen Welt zu leben. Man konnte gar nicht an sie herankommen. Wen wunderte es, als Therapiepferd war ihr Job hauptsächlich Stunde für Stunde mal langsam mal schneller im Kreis zu gehen und zwischendurch kamen dann lange Wartezeiten bis der nächste Patient kommt und dies über Jahre hinweg. Würden wir dann nicht auch ein wenig stumpfsinnig werden? Es ist natürlich lobenswert wie brav und geduldig diese Pferde behinderte Kinder und auch Erwachsene Tag ein Tag aus auf ihrem Rücken tragen, aber es ist für die Pferde kein so schönes Leben. Es dauerte ein paar Wochen und man konnte beobachten, dass sich Etienne in ihrem Verhalten etwas änderte. Den anderen Pferden gegenüber benahm sie sich zwar wie eine Hexe, speziell wenn es etwas zu Essen gab musste sie an erster Stelle stehen. Uns gegenüber öffnete sie sich ein wenig und das Reiten auf ihr klappte auch recht gut. Sie war wirklich geduldig und brav und sehr aufmerksam. Es schien ihr zu gefallen im Freien ausreiten zu gehen und auch auf der Weide legte sie ab und zu mal wieder einen Galopp hin. Es war sogar möglich sie einfach den anderen Pferden hinterher laufen zu lassen, wenn wir z.B. die Pferde von einer Weide zu der anderen Weide brachten. Sie blieb dann immer in gewissem Abstand hinter uns und graste mal hier und mal da, aber dann hat sie Gas gegeben. Alleine frei durch den Wald ihrer Herde hinterher laufen zu können war für dieses Pferd wie ein Geschenk, man konnte sehen wie glücklich sie bei uns war. Lediglich ihr Hobby, das Koppen, machte uns keinen Spaß. Koppen ist eine Unart von Pferden, sie setzen dabei mit ihren Zähnen auf ein Holzstück auf z.B. einen Pfosten und saugen dann Luft ein, dies ergibt ein Geräusch ähnlich dem lauten Rülpsen eines Menschen. Doch solche Pferde tun dies ständig und überall. Wir mussten alle unsere Zäune aufrüsten, denn sie brachte einige Pfosten der Einzäunung zum Wackeln. Überall haben wir zusätzlich ein Stromband oben auf dem Pfosten anbringen müssen, dann schien es gut zu sein, sie hat sich jedoch einige Ecken im Stall gesucht und dort damit angefangen, aber hier konnte sie nicht so großen Schaden anrichten. Das Schlimme an dem Koppen ist, dass diese Pferde immer sehr dünn aussehen, durch das Einsaugen der Luft ist ihr Magen immer schon halb mit Luft gefüllt und dadurch essen sie zu wenig. Sie sah mit ihren 21 Jahren manchmal daher nicht mehr so gesund aus. Aber generell war sie ein sehr liebes Pferd, jedoch strahlte sie auch etwas Traurigkeit aus. Man weiß nicht was durch ihren Kopf ging und was sie in ihrem Leben schon alles erlebt hatte. Jedenfalls hat der Besitzer, der sie mir geschenkt hatte, sein Versprechen sie mal ab und zu bei uns zu besuchen, nie wahr werden lassen. Für mich war sie jedenfalls eine große Hilfe wieder die Angst vorm Reiten ein wenig abzubauen, aber ganz vergangen ist sie leider immer noch nicht. Ich arbeite weiter daran.

KLEINE TIERE KLEINE SORGEN, GROßE TIERE TEURE SORGEN

So nun hatte ich ein geschenktes Pferd „Etienne" und „Lady" für die ich eigentlich immer Geld gezahlt hatte, aber Besitzer war immer noch das Mädchen, die versprochen hatte soviel zu tun und sooft zu ihrem Pferd zu kommen und die arme Lady? Sie hat es tatsächlich geschafft innerhalb fast eines Jahres, zweimal mit ihrem Freund vorbeizukommen. Wie traurig. Jetzt musste was geschehen. Ich bin also nach telefonischer Ankündigung mit einem vorgefertigten Schenkungsvertrag zu ihr gefahren und habe mit ihr und ihren Eltern gesprochen. Es gab viele Tränen bei dem Gespräch denn das Mädel wollte natürlich weiterhin ihre Lady behalten aber nix dafür tun und die Eltern waren nicht bereit weiterhin Geld heraus zu rücken. Wir einigten uns letztendlich darauf, dass ich auf das mittlerweile fällige Geld von Kosten für Stall, Futter, Impfungen usw. verzichtete und Lady dann überschrieben bekam. Jetzt war ich Besitzerin von zwei älteren Pferdedamen. Beide waren mittlerweile 23 Jahre alt. Wie schnell vergingen diese zwei Jahre. Es war immer was los. Eine der beiden hatte immer etwas. Ging es Lady gut, dann hatte Etienne Probleme. Lady hatte auch eine leichte Arthrose und lahmte öfter mal, doch dass ich sie nicht mehr oft reiten konnte, war nicht so schlimm. Etienne hat sich öfter verletzt und es war schwer zu erkennen, ob sie einfach nur hingefallen war oder Scheuerstellen hatte weil sie nicht mehr richtig aufstehen konnte. Im Sommer, der für unsere Gegend in dem Jahr extrem heiß geworden war, hatte sie extreme Kreislaufprobleme. Der Tierarzt gab uns dann

Herztabletten für sie, die auch jeden Tag verabreicht wurden, doch er sagte uns auch, dass es natürlich jederzeit passieren könnte, dass Etienne solche schlimmen Kreislauf- und Atembeschwerden bekäme, dass sie dann nicht mehr aufstehen würde. Es war auch eine seelische Belastung zur Weide hinzufahren und immer damit rechnen zu müssen, dass wieder was nicht in Ordnung ist mit den Pferden oder dass womöglich eine der beiden Stuten tot auf der Weide liegen könnte. Doch es ging rauf und runter mit der Gesundheit und noch hatten wir mehr schöne als schlechte Tage und es waren Tage voller Liebe und Zuneigung. Die Pferde haben mir immer wieder gezeigt, wie gerne sie mich haben und wohl wissen was ich für sie tue, und ihre Pferderente wohlwissend genossen.

ZEIT DES ABSCHIEDS

Dieses folgende Kapitel zu schreiben fällt nicht leicht. Es waren Tage und Ereignisse, die mein Leben auch sehr geprägt haben und mich mit meinen 42 Jahren noch einmal ein Stück mehr zum Erwachsenwerden gezwungen haben. Alles begann im Januar. Der Winter war sehr kalt aber unseren Pferdchen machte es nichts aus draußen zu sein. Ich ging immer morgens früh um 06:00 Uhr alleine mit Darling um zu Füttern und dann abends auch noch mal zusammen mit meiner Freundin. Eines Abends während des Fütterns hörte Lady plötzlich auf zu Fressen und fing an nach ihrem Bauch zu treten. Da war wohl eine Kolik im Anlauf? Wir hörten auch keine Verdauungsgeräusche mehr. Bei einer Kolik in dem langen Darmsystem eines Pferdes ist eine Verstopfung aufgetreten und wenn hier nicht Abhilfe geschaffen werden kann, kann dies für das Pferd tödlich sein. Also haben wir den Tierarzt angerufen und ich bin mit meiner Lady hin- und hergelaufen im eiskaltem Wetter und Schnee hatten wir auch noch im Januar. Bei einer Kolik muss man verhindern, dass die Pferde sich hinlegen. Nach circa einer halben Stunde kam der Tierarzt. Er gab dann eine krampflösende Spritze und nun hieß es wieder Pferd bewegen und abwarten. Die ganze Nacht bin ich dann fast stündlich zur Weide gefahren und habe nach Lady geschaut. Es war nicht schlimmer und nicht besser und so brachten wir sie am nächsten Morgen zur Beobachtung zu dem Reitstall, wo auch der Tierarzt seine Praxis hatte. Dort war sie 24 Stunden unter Beobachtung. Nach einem schrecklichen Wochenende mit Angst und Bangen durfte sie dann Montag wieder mit nach Hause. Aber irgendwie hat sie sich von dieser Kolik nie richtig erholt. Sie aß nicht mit allzu großem Appetit und war einfach nicht richtig fit.

Auch Etienne machte mir Sorgen. Sie hatte ständig Kreislaufprobleme und reiten konnte man sie nicht mehr, denn sie schaffte es nicht mich zu tragen, ohne ins Schwanken zu geraten. Sie schien öfter teilnahmslos als wäre sie gedanklich in einer anderen Welt. Auch hatte sie öfters Schürfwunden, sie ist oft hingefallen durch das Taumeln.

Etwa sechs Wochen später fing Lady an zu lahmen. Die Lahmheit wurde immer schlimmer. Die Arthrose machte ihr schwer zu schaffen. Was tun? Es war mal ein paar Tage gut, dann wieder schlimmer. Die Medikamente wollte sie nicht nehmen und wenn ich sie ihr dann schließlich mit viel List in Apfelbrei unters Futter mischte, fraß sie davon nur die Hälfte. Ein teurer Hufbeschlag wäre auch nur eine Hilfe mit Fragezeichen bei diesem Problem. Mittlerweile hatten wir uns bis Mitte April hingeschleppt, keine wesentliche Besserung. Man sah, dass die 24 Jahre Alter sie jetzt schon zeichneten, die Augen sahen müde aus. Beim nächsten Tierarztbesuch sprach mich mein Tierarzt an und meinte ich sollte mich doch mit dem Gedanken tragen die beiden alten Pferde abzugeben und sie von ihren Leiden zu erlösen. Ich hätte jetzt schon soviel für sie getan und versucht zu helfen, doch irgendwann ginge es nicht mehr und man sollte als Mensch nicht egoistisch sein und immer wieder versuchen noch ein bisschen zu warten und noch ein wenig Zeit herauszuschlagen. Schließlich hätte ich den beiden doch noch einen schönen Lebensabend ermöglicht. Was verlangte dieser Mann von mir. Ich soll richten über Leben und Tod. Ich konnte diese Entscheidung nicht fällen und doch wusste ich, dass ich etwas tun musste. Lady lahmte jetzt schon über zwei Monate und jeder Schritt fiel ihr schwer. Und für Etienne würde der kommende Sommer auch wieder eine Qual werden. Was wenn sie irgendwann tot auf der Koppel liegen würde und in der Hitze wegen ihres kranken Herzens qualvoll erstickt wäre? Jeder redete auf mich ein, was sollte ich tun?

Wie das Schicksal es so wollte kam abends eine Reportage über Tierkommunikation im Fernsehen. Die Frau in der Reportage war in der Lage durch Telepathie mit den Tieren in Kontakt zu treten und deren Probleme zu erfragen. Die konnte sie auch anhand eines gesandten Bildes tun. Eigentlich war ich mir sicher, dass ich meinen beiden Stuten noch mehr Leid ersparen müsste, aber ich kam mir vor wie eine Verräterin sie ahnungslos zum Schlachter fahren zu wollen. Ich schrieb also der Tierkommunikatorin und sandte ihr Fotos. Ich sagte nichts von dem was ich vor hatte, bat lediglich darum sich dringend mit meinen Pferden in Verbindung zu setzen um mir zu sagen wie es meinen beiden Pferden ging.

Am dritten Tag nachdem ich ihr die Fotos gesandte hatte, rief mich die Frau auf meinem Handy an. Hört sich blöd an aber ich war gerade auf der Weide und musste innerhalb der nächsten Tage eine definitive Entscheidung treffen, da ansonsten der Schlachter erst wieder vierzehn

Tage später einen Termin frei hätte und das würde weiteres Leiden bedeuten für Lady und Etienne. Mein Herz schlug ganz wild, bei dem Gedanken was diese Frau sagen würde. Könnte sie wirklich aus der Ferne bestätigen was ich nicht wahrhaben wollte?

Sie sprach ganz beruhigend auf mich ein und teilte mir mit, dass es Lady nicht besonders gut gehe. Sie hätte große Schmerzen und wäre bereit zu gehen. Die Zeit mit mir wäre für Lady noch mal eine Zeit der Liebe gewesen und sie wäre gerne bei mir gewesen, denn sie hätte genau gewusst, dass sie bei mir Liebe bekommt. Ihr vorheriges Leben wäre immer vom Abschiednehmen geprägt gewesen und sie hätte bei mir Ruhe gefunden. Ich wusste, dass Lady durch einige Hände weitergereicht worden war und auch, dass sie ein paar Mal ein Fohlen hatte und auch von denen musste sie immer Abschied nehmen. Über Etienne sagte Frau W. , dass dieses Pferd geistig schon in einer anderen Welt sei und es besser wäre für sie zusammen mit Lady zu gehen. Oft hatte es wirklich den Anschein, dass Etienne geistig nicht ganz anwesend war. Man konnte sie ansprechen, doch sie starrte vor sich hin auf den Boden, oder koppte fleissig weiter, zeigte keinerlei Regung. Wir redeten eine Weile übers Handy und es war Mittwoch, Freitag wollte der Schlachter kommen und die beiden holen. Während des Telefonates liefen mir nur so die Tränen, ich konnte mich gar nicht beruhigen. Es war total schwer für mich endlich die beiden los zu lassen. Nachdem das Gespräch beendet war, stand ich so im Stall und meine Lady, die sich sonst nur mal kurz streicheln ließ und dann gleich wieder abhaute, kam zu mir und lehnte ihren Kopf an meine Brust und ich streichelte sie. Sie blieb stehen und schnaufte tief und entspannt, so als wollte sie mir sagen, „es ist schon gut so was du tun willst". Ich rief an dem Abend den Schlachter an und machte den Termin zur Abholung für Freitag klar. Alle meine Freunde sagten, „fahr bloß nicht mit zu dem Schlachter. Schau ihnen nach wie sie beim Abholen in den Hänger einsteigen und denk nicht mehr darüber nach". Doch Frau W. hatte mir gesagt, „du musst diesen Weg mit deinen Tieren gemeinsam zu Ende gehen, oder du wirst nie abschließen können" – also fuhr ich mit. Sie gingen brav auf den Hänger und ich fuhr mit dem Auto hinterher. Fahrzeit war nur 15 Minuten. Bevor Guido der Metzger zur Abholung kam, verbrachte ich den ganzen Nachmittag mit den beiden und Lady schenkte mir noch was besonderes zum Abschied. Sie hatte sich hingelegt und mir erlaubt mich neben sie hinzusetzen. So saßen wir da bestimmt eine halbe Stunde und sie schnaufte und ich hatte das Gefühl, dass ihr die Beine weh taten und sie wirklich müde war vor Schmerzen von dem Lahmen. Es ist ein großer Vertrauensbeweis, wenn ein Pferd sich so neben den Menschen legt. Dies machte mir den Abschied auch etwas leichter, denn sie gab mir das Gefühl es wäre gut so. Es ging ihr wirklich schlecht, das konnte ich deutlich spüren. Es war wohl der schwerste Weg, den ich je mit einem meiner Tiere gegangen bin. Die Pferde waren beide ruhig und nicht ängstlich und das „Schießen" ging so schnell, dass sie nicht wussten was ihnen geschah, da war es schon vorbei.

Es war sehr schlimm so Abschied zu nehmen aber im Nachhinein muss ich sagen, ich werde es beim nächsten

Pferd wieder so machen, denn sie hatten keine Angst und der Metzger Guido ist ein lieber ruhiger Mann, der ganz super mit den Pferden umging und da ich schon viele Geschichten über das misslungene Einschläfern von Pferden gehört hatte weil das Medikament nicht richtig gewirkt hatte und die Tiere dann qualvoll erstickten, war mir dieser Weg doch lieber. Ein Ende mit Schrecken, doch es war so besser für die beiden Pferde, sie hatten sich nur noch gequält. Als verantwortungsvoller Besitzer war ich es ihnen schuldig sie von ihren Schmerzen und Leiden zu erlösen und Sterbehilfe zu leisten, was wohl auch für manche todkranke Menschen eine Erlösung sein könnte und jeder todkranke Mensch sollte über sein Schicksal selbst entscheiden dürfen.

EINE REISE DURCH DEUTSCHLAND, ODER DIE SUCHE NACH DEM RICHTIGEN PFERD

Es hatte einige Wochen gedauert, um die Geschichte mit den beiden alten Pferden zu verdauen. Der Gedanke war auch da sich kein Pferd mehr anzuschaffen (wenn mein Mann zu entscheiden hätte – hätte ich heute definitiv keins!), aber langsam fing ich wieder an Verkaufsannoncen zu sichten und dann begann die Reise quer durch Deutschland auf der Suche nach dem richtigen Pferd. Meine Freundin Marie war immer tapfer dabei, und es war schon abenteuerlich, wen oder was wir alles zu sehen bekamen. Der erste Kandidat war ein super toller Quarterhorse-Wallach namens Jack, Standort nur 10 km Entfernung. Jack war schon immer für mich ein toller Pferdename und als ich dorthin kam und das Pferd sah war ich völlig hin- und weg. Ein prachtvoller Kerl. Ein superbreiter Hals, braun wie Haselnüsse und schwarze Mähne. Imposante Erscheinung aber ein Schmuser. Leider gab es da nur ein Problem – der Preis. Er sollte fast 4.000 Euro kosten und egal wie es anstellen würde, mehr als 1.500 Euro war zur Zeit nicht drin und ein Pferd abzahlen, das geht leider nicht. Also ging es am nächsten Sonntag auf nach Wetzlar. - Entfernung über 200 km. Blue hieß das Pferd, welches aussah wie der kleine Onkel von Pippi Langstrumpf. Schönes Pferd, aber zu klein für mein Körpergewicht und außerdem war der Stall rundherum abgenagt. Da ich von meiner Etienne wusste, dass Pferde die an Holz nagen, durch ihr knabbern einen ganzen Stall zerstören können und es sich um eine Verhaltensstörung handelt, war es wohl weise die Finger von Blue zu lassen. Weiter ging es - Neustadt an der Weinstrasse war das neue Ziel. Die hübsche Stute Chayenne war ein Painthorse – weiß, braun und schwarz. Wir haben uns an der Koppel schon mal umgeschaut und auf dem Bild im Internet sah Chayenne ganz anders aus als jetzt, also waren wir schon nach 15 Minuten wieder auf dem Heimweg, denn dieses Pferd hat mir leider gar nicht gefallen. Dann kamen wir zu Alex. Der stand in der Nähe von Dillenburg. Auch wieder locker 150 km Fahrt eine Wegstrecke. Alex zu sehen war wirklich ein Erlebnis.

Er war ein Kaltblut und die Leute hatten keine Fotos aber am Telefon hörte sich alles super toll an. Wir kamen dort an, super Landschaft, viele Pferde zu sehen, nettes Haus. Bauernleute, sehr nett und wir gingen dann in den Stall um Alex zu besichtigen. Dort stand er alleine mit einem dicken breiten Lederhalsband angekettet – kein toller Anblick, aber angeblich konnte er nicht bei den Stuten und dem Hengst stehen, sonst hätte es Kämpfe zwischen dem Wallach und dem Hengst gegeben. Nun nahm der Bauer den Alex am Strick und führte ihn aus dem Stall. Meine Freundin und ich schauten uns an, schauten Alex an – soviel Pferd hatten wir noch nicht gesehen – ein blonder Riese stand vor uns. Er hatte locker 1,85 m Stockmaß (das ist die Höhe des Widerrist beim Pferd – der Widerrist ist der Punkt wo der Nacken anfängt, also kommt zu den 1,85 m noch der Kopf dazu!). Es war ein toller Anblick, aber so ein Pferd würde erstens locker einen großen Schritt über unsere Weideumzäunung machen und zweitens wäre es doch schwierig auf ihn drauf und wieder runter zu kommen. So gut reiten konnte ich ja zu dem Zeitpunkt auch nicht, also wieder nix für mich. Es hat mir so leid getan für dieses Pferd, dass er weiterhin im dunklen Stall stehen musste, aber nur aus Mitleid kaufen konnte ich ihn ja auch nicht. Es folgte noch eine Reise nach Bonn zu einem ungarischen Kaltblut namens Chinosch. Leider hatte sich hier die Besitzerin entschieden das Pferd einem anderen Interessenten zu verkaufen. Dann noch ein kleiner Trip hier in der Nähe zu einem Freiburger namens Falko und einen Haflinger namens Hannes. Beides schöne Pferde, jedoch auch was für Leute mit mehr Reiterfahrung und es hatte einfach nicht gepasst. Es war nicht das Pferd, das ich wollte! Also weiter im Internet stöbern, denn Pferde gibt es ja schließlich wie Sand am Meer.

Bella die Schöne

BELLA - DIE SCHÖNE

Sich in ein Pferd zu verlieben auf den ersten Blick, dass es so etwas auch gibt, dass wusste ich erst als ich Bella auf einem Bild im Internet sah. Durch Zufall kam ich auf die Seite eines Pferdschutzvereins. Diese kauften bei Auktionen Fohlen auf, die eigentlich für den Schlachttransport bestimmt waren, weil sie beim Versteigern übrig blieben. Die Fohlen wurden mit Spendengeldern gekauft und dann wieder für einen angemessenen Preis mit einem Schutzvertrag verkauft (somit konnte der Käufer das Pferd nicht zum Schlachter geben ohne Zustimmung des Vereins). Manchmal hatten sie auch ältere Pferde, die sie quasi nochmal vom Schlachttransporter herunter kauften, wenn das Pferd noch gesund aussah. Da sah ich dann dieses Bild von einem Pferd. Braun wie Schokolade, weiße Zeichnung auf der Stirn, schwarze lange Mähne. Eine „Süddeutschte Kaltblutstute". Ich war völlig fasziniert. Das Bild hatte ich gleich der Tierkommunikatorin geschickt, da es mich nicht mehr loslies. Sie sagte – „das ist Dein Pferd – hinfahren – kaufen – sie ist für Dich bestimmt, sie hat zwar Probleme mit ihren Beinen, aber das ist sie". Es ist wohl logisch, dass meine Freundin dachte, jetzt dreht die völlig durch, denn der Verein war in Würzburg, waren ja nur 400 km Wegstrecke eine Richtung. Sie ist dann aber doch mit mir hingefahren. Nach der langen Fahrt kamen wir auf dem Hof an. Es gab dort circa 60 junge Pferde. Die Vorsitzende des Pferdeschutzvereins mit dem Namen: (www.pferdefreunde-birnbaum.de), ist hauptberuflich Krankenschwester und mit freiwilligen Helfern bringt sie es fertig zu Auktionen zu fahren, die Pferde zu transportieren, sich um die kranken Pferde zu kümmern und für jedes Pferd einen neuen Besitzer zu finden.

Ich bin sicher, dass wenn alle Leute wüssten wie viele Pferde einfach so geschlachtet werden, weil sie das Zuchtziel nicht erfüllen oder sich einfach kein Käufer gefunden hat, dann würden sie nicht so unbedingt die Wertigkeit der Pferde an den Abstammungspapieren messen und vielleicht auch andere Pferde kaufen. Es landen tausende Haflingerfohlen in der Wurst, nur weil sie einfach so gezüchtet werden und der Markt ja nur eine bestimmte Menge annimmt. Aber dies ist ja auch leider so bei Hunden. Der Zeitpunkt bis alle die Schlachtungen und Tiertransporte überall auf der Welt unter den dafür dringend notwendigen Tierschutzbedingungen ausgeführt werden, kommt wahrscheinlich leider nie. Doch nun zurück zur Geschichte von Bella.

Ich wollte mir auch gar keines der anderen Pferde anschauen, da ich nur wegen Bella so weit angereist war. Und dann brachten sie die schöne Stute aus dem Stall und führten sie auf den Hof. Es gibt wirklich so was wie Liebe auf den ersten Blick auch bei Tieren. Die Faszination, die ich schon bei dem Bild von ihr gefühlt hatte, war jetzt wo sie vor mir stand noch intensiver. Ich war wie von Sinnen. Dies war mein Pferd. Den Namen Bella habe ich ihr   gegeben, einfach weil sie so wunderschön ist und auch weil das letzte Pferd aus meinen Kindertagen, welches mein Großvater hatte, Bella hieß und ich so viele gute Erinnerungen an sie hatte. Nun wurde meine Bella gesattelt und ich ritt sie auf dem Reitplatz als wären wir schon immer ein Team. Meine Freundin, die mitgefahren war, war nicht von dem Kauf überzeugt und wollte nicht, dass ich dieses Pferd kaufe, aber ich war nicht davon abzuhalten. Ich wusste, wir gehören zusammen und so wurde der Schutzvertrag unterzeichnet. Ich verpflichtete mich, für das Pferd zu sorgen bis zu seinem Lebensende und auch dazu, sie an den Verein zurückzugeben, falls ich dies nicht könne. Auch ist in solchen Verträgen eine Strafe aufgeführt, wenn man das Pferd einfach wieder weiterverkauft an einen Pferdemetzger. Diese Verträge sollen verhindern, dass die Tiere immer wieder weitergereicht werden. Eine gute Sache. Am 04. Juli 2004 wurde Bella dann zu uns gebracht. Den Transport übernahm der Verein gegen Bezahlung, denn ich konnte erstens nicht mit einem Pferdeanhänger fahren und zweitens war das Risiko bei der langen Strecke auch recht groß. Es war ja schließlich ein Pferd von über 750 Kilogramm Gewicht, da kann unterwegs schnell mal was passieren.

Ich war jedenfalls überglücklich – ich hatte mein Streitross endlich gefunden. Sie ist eine so imposante Erscheinung, aber strahlt auch Ruhe aus und ich war mir sicher, wir würden ein gutes Team werden.

Bella ist das Pferd was ich mir immer gewünscht hatte und ein toller Reitpartner. Auch wenn wir manchmal statt auszureiten auch nur einfach "Picknicken" gehen, das heißt wir gehen spazieren und die Hunde sind auch dabei. Sie genießt dies sehr und darf dann auch mal zwischendurch am Wegesrand ein paar Gräser fressen. Hoffe, dass wir beide noch ein paar schöne Jahre zusammen haben werden und ich ihr auch, wenn sie alt ist, zum richtigen Zeitpunkt den letzten Dienst erweisen kann und sie von ihren Leiden erlöse. Aber schöner wäre es natürlich, wenn sie sehr sehr alt wird und irgendwann einfach zufrieden auf ihrer Koppel einschläft ohne lange krank zu sein.

Sammy mein Hüter und Beschützer

SAMMY DAS SCHEIDUNGSKIND

Nach dem damaligen Reinfall in Sachen 2. Hund, den wir mit Blacky erleben mussten, war mir zwar klar, dass ich irgendwann einen weiteren Hund zu Darling dazunehmen würde, aber über den Zeitpunkt hatte ich mir gar keine Gedanken gemacht. Mein Mann Jeff ist begeisterter Motorradfahrer und auch Camper. Sein Vater, der bei Würzburg wohnt, hat einen ganzjährigen Campingplatz, wo er einen Wohnwagen stehen und auch eine gemütliche kleine Hütte fest daran angebaut hat. Kurz nachdem ich Bella gekauft hatte, war Jeff für ein Wochenende zu seinem Vater gefahren, um mit ihm auf dem Campingplatz Zeit zu verbringen. Jeff rief mich dann Samstagabend ganz aufgeregt an und erzählte mir von Sammy, dem Hund von Marc. Marc ist der Stiefsohn von Jeff´s Vater und Marc´s Frau hatte ihn wegen einem anderen Mann verlassen. Den Hund, den die Dame mit in die Beziehung gebracht hatte, den hatte sie ihm da gelassen. Da er den ganzen Tag arbeitet, war nun der Hund über 8 Stunden alleine in einer kleinen Wohnung eingesperrt. Es stand nun die Entscheidung an, Sammy ins Tierheim abzugeben. Jeff schilderte mir die Situation und schwärmte so von dem Hund und fragte schließlich - sollen wir ihn nicht nehmen? Ohne den Hund vorher gesehen zu haben, stimmte ich zu und verließ mich dabei ganz auf das Urteilsvermögen meines Mannes. Da Sammy ein Rüde und Darling eine Hündin war, hatte ich auch keine Bedenken, dass sie sich eventuell nicht gut vertragen würden. Also wurde entschieden, dass sie Sammy ein paar Wochenenden später zu uns bringen würden. Sammy kam am Sonntag, den 05. Juli in unser Leben, einen Tag nach Bella. Da war richtig was los an diesem Wochenende.

Sammy ist von der Rasse her ein Hütehund und etwas lebhafter als unsere ruhige Rottweilerin. Er ist ein Appenzeller. Diese Rasse gehört zu den Rassen der vier Sennenhunde. Hier gibt es den Berner Sennenhund, den Schweizer Sennenhund (dieser ist kurzhaarig), dann den Appenzeller und eine kleinere Rasse, den Entlebucher. Alle haben die typische Zeichnung im Gesicht, weiß, braun, schwarz. Da hat der liebe Gott echt schön gemalt bei unserem Sammy, ich finde seine Zeichnung im Gesicht wunderschön. Leider ist er auf seinem rechten Auge blind, was wohl durch eine Verletzung im Welpenalter entstanden sein soll.

Es war aufregend als er dann ankam. Die beiden Hunde haben gleich zusammen gespielt. Hier bin ich mir nicht sicher, ob Darling sich darüber im Klaren war, dass dies nun ein neuer Mitbewohner war und nicht nur Besuch. Marc und meine Schwiegereltern sind nach circa zwei Stunden wieder abgereist und ab dann hatte ich einen Schatten. Wo ich bin, ist auch Sammy. Er hat mich als seine Herrin ausgesucht und behütet mich seitdem. Egal wohin ich gehe, der Hund ist immer direkt bei Fuß. Anfangs bin ich ein paar Mal beinahe über ihn gefallen, da er so eine Klette ist und ich gar nicht damit gerechnet habe, dass er so anhänglich werden könnte.

Unsere Hündin Darling hat ihn schnell akzeptiert und Sammy hat auch überhaupt nicht getrauert oder den

Eindruck gemacht, dass er sein bisheriges Zuhause vermisst. Es scheint, er ist hier absolut happy. Darling hat ihn - glaube ich - als Riesenwelpen adoptiert. Jeden Abend sitzen die beiden nebeneinander und Darling leckt Sammy systematisch und liebevoll zuerst das rechte dann das linke Ohr aus. Sammy bleibt brav bei diesem Ritual sitzen und lässt es über sich ergehen. Er hat sich seiner neuen Chefin Darling auch wunderbar untergeordnet und somit gab es keine Probleme. Auch beim Fressen gibt es keinen Streit. Jeder hat seine eigene Schüssel und Sammy wartet geduldig, ob da vielleicht noch was übrig bleibt und Darling lässt ihn dann großzügig die Reste aus ihrer Schüssel noch fressen.

Bereits nach einer Woche konnte ich den Hund ohne Leine laufen lassen. Er war gut erzogen und lief schön bei Fuß und hat sich noch nie weiter als zehn Meter von mir entfernt, denn er muß ja auf mich aufpassen. Ist mein Mann oder mein Sohn beim Spaziergang dabei und versucht mit Sammy voraus zu gehen, dann geht er zwar widerwillig ein Stück mit, dreht aber bei der nächsten unbeobachteten Gelegenheit wieder um und rennt schnell zu mir. Er ist echt total auf mich fixiert. Die tägliche Begrüßung wenn ich von der Arbeit nach Hause komme fällt so aus, als sei ich drei Wochen am Stück verreist gewesen. Abends beim Fernsehen, darf er mit mir auf der Couch liegen und legt sich mit seinen dreißig Kilos ganz vorsichtig seitlich auf meine Beine und schläft so zufrieden und glückselig ein.

Außer seinem Frauchen hat Sammy noch ein Hobby und dies heißt: BALL . Er bringt Bälle, Ringe, Stöcke immer wieder zurück. Dieses Holen und Bringen wird ihm nie langweilig. Er wirkt nach einer gewissen Zeit so aufgeputscht, dass er den Ball fast gar nicht mehr loslassen kann. Sein Kiefer hat den Gegenstand, den er geholt hat dann so fest im Griff, dass er sein Maul nicht mehr aufbekommt. Unsere Darling hingegen ist da völlig relaxt. Sie spielt auch mal mit, holt ein oder zweimal auch den Ball, findet jedoch mehr Gefallen daran, dem Sammy den Ball abzunehmen und somit das Spiel durch das Erbeuten des Wurfgegenstandes einfach zu beenden. Sie trägt ihre Beute stolz in ihr Körbchen und gibt diese Sammy nicht ab, es sei denn sie ist gelangweilt und läßt die Beute nach ein paar Minuten liegen.

Auf jeden Fall kann ich nur sagen, dass wir mit Sammy echt einen tollen Hund dazu bekommen haben. Darling und er sind glücklich miteinander und dies kann jeder sehen. Es ist echt superschön den beiden beim Toben zu zu schauen.

Bei den nächsten Besuchen in Würzburg bei meinen Schwiegereltern hat man Sammy angemerkt, er hat sich zwar ein wenig gefreut Marc zu sehen (dort war auch die zwischenzeitlich zurück gekehrte Ehefrau von ihm wieder anwesend), aber er hat sich wie ein kleines Kind immer wieder ganz fest an mich gedrückt und wohl etwas Angst gehabt, er müsse jetzt wieder dort bleiben. Erst nach dem 3. oder 4. Besuch dort hat man spüren können, dass er nun wusste, wo er hingehört. Außerdem war von Anfang an geklärt worden, dass wir diesen Hund auf gar keinen Fall mehr zurückgegeben werden, denn so eine Aktion wie mit Blacky wollte ich nicht nochmal erleben. Ja so ist es manchmal im Leben, oft müssen nicht nur die Kinder unter einer Trennung ihrer Eltern leiden, oft sind auch die Tiere die Opfer von Beziehungsstress. Unser Scheidungskind Sammy jedenfalls ist wohl doch ganz glücklich darüber, dass es so gekommen ist und fühlt sich bei uns pudelwohl. Durch die Schichtarbeit meines Mannes, er arbeitet im Rettungsdienst, sind die Hunde nie länger als 5 - 6 Stunden alleine und dies höchstens an ca. 8 Tagen im Monat. An diesen Tagen fahre ich in meiner Mittagspause nach Hause und führe die Hunde aus.

Für mich ist es auf jeden Fall sicher, dass ich jederzeit wieder einen zweiten Hund dazunehmen würde, denn man merkt doch, dass die Tiere mit ihren Artgenossen glücklicher sind, als nur mit den Menschen alleine zusammen zu leben. Jedenfalls haben wir mit unseren beiden gebrauchten Hunden eine gute Wahl getroffen. Die beiden sind so dankbar für ihr neues Zuhause und für mich bestätigt sich immer wieder das Sprichwort von Heinz Rühmann:

**"Man kann auch ohne Hund leben,
aber es lohnt sich nicht!"**

KRANKES PFERD BEHALTEN ODER EIN UMZUG?

Bella, meine Kaltblutstute und ich hatten uns nun zwischenzeitlich schon aneinander gewöhnt. Ich hatte sie ungefähr 6 Wochen bei mir, da fing sie an jeden Tag schlimmer zu lahmen. Die Pferde standen zu der Zeit auf einer Hangkoppel und beim bergab gehen, konnte man sehen, dass sie erhebliche Schwierigkeiten hatte. Es wurde immer schlimmer. Ich bestellte mir dann einen Tierarzt mit einem mobilen Röntgengerät, um zu schauen, was das Problem sein könnte. Ich wusste ja durch die Tierkommunikatorin, dass es Probleme mit den Beinen gab bei dem Pferd. Der Tierarzt kam, machte die Röntgenaufnahmen und gab mir dann folgende Diagnose. „Das Pferd hat Spat und Arthrose." Spat ist eine Verknöcherung im Sprunggelenk, dies bedeutet an der Stelle, an der normalerweise der Knorpel sitzt, der das Gelenk "schmiert" bildet sich eine knochenartige Masse. Dadurch wird das Gelenk im weiteren Verlauf steif. Spat kommt meist in Schüben, d.h. mal bildet sich weiter Knochen und mal nicht. Während dieser Schübe ist es besser die Pferde nicht zu reiten, da ihnen dann das Laufen besonders schwerfällt. Zwischen den Schüben sind viele Pferde reitbar. Der Tierarzt hatte gemerkt, dass ich sehr an Bella hing und sagte mir folgendes:

Der Arzt erklärte mir „normalerweise könnte ich das Pferd zurückgeben, da dies bei der Ankaufuntersuchung übersehen wurde und das Pferd mir eigentlich krank verkauft wurde." Jedoch merke er, dass ich schon sehr an Bella hing und er wäre der Meinung, dass wenn das Pferd auf einer flachen Weide stehen könne, sich das Problem verringern würde und ich das Pferd bedingt reiten könne. Auf jeden Fall müsse es von der schrägen Hangweide weg. Mein Puls fing innerlich an zu pochen – Bella wieder hergeben – nein das kann ich nicht – und es wäre auch ihr sicherer Tod. Der Pferdeschutzverein würde sie wahrscheinlich dann leider doch zum Schlachter geben, denn dann müssten sie versuchen ein krankes Pferd zu verkaufen und lange durchfüttern war nicht drin, laut der Rückinfo von Frau Keber, der Vereinsvorsitzenden. Es gab nun Diskussionen ohne Ende. Meine Freundin Marie, mit der ich zusammen die Weiden gepachtet hatte und auch den Stall gebaut hatte, sagte ich solle das Pferd zurückgeben, sie hätte es ja erst gar nicht gekauft und es wäre krank und der Pferdeschutzverein hätte mich betrogen. Ich war sehr verunsichert. Was sollte ich tun?

Also zurückgeben kam für mich überhaupt nicht in Frage, das stand fest. Ich hatte im Nachbardorf einen Schulkameraden, den Peter, der hatte mir schon mal angeboten, wenn ich wollte könnte ich doch auch ein Pferd zu ihm stellen, da er eine riesige Weide hätte und nur seine drei Ponies. Auch suchte er jemanden zum mithelfen. Die Kosten für die Weide und Futter würden wir uns dann hälftig teilen.

Ich habe nicht lange überlegt. Mir war das Wohlbefinden von Bella wichtig. Also organisierte ich für den nächsten Tag den Transport zur Weide von Peter, denn dort war die Weide flach, außer eines kleineren Teilstückes. Bella wollte zuerst nicht in den Hänger gehen, aber mit Hilfe der Stute von Marie war es dann doch schnell geschafft. Auf der neuen Weide angekommen, hat sich Bella auch dort gleich wohlgefühlt. Die Ponies haben sie nicht wirklich viel interessiert. Hauptsache war wohl die satte grüne Weide. Lecker! Bella liebt gutes Futter!

Nach ein paar Tagen konnte man sofort Besserung bemerken. Das Lahmen hat sichtlich nachgelassen und war nach circa einer Woche ganz verschwunden. Mittlerweile hatte sich Bella dort richtig gut eingelebt. Die Ponies Jeanny, Chico und Nicky sind ihr auch sehr freundlich gestimmt und alle sind zufrieden. Zu den Ponies kam dann noch ein Tinka-Fohlen mit Namen Daila hinzu, ein braun-weiß geschecktes von meiner Freundin Tanja. Später schaffte sie sich noch ein süßes Pony namens Peanut an. Er hatte eine Farbe wie Erdnüsse und der arme Kerl entwickelte ein schlimmes Sommerekzem. Es wurde so schlimm aufgrund der vielen Mücken dort oben an unserer Weide am Waldrand, dass wir Peanut kurze Zeit später wieder hergeben mussten. Tanja hatte sich mit Peter und mir zusammen getan. Somit gingen die Kosten geteilt durch drei. Leider hat es durch diesen überstürzten Umzug einen Streit mit meiner Freundin Marie gegeben. Sie konnte es nicht verstehen, wie ich so entscheiden konnte. Das Pferd war doch krank. Und ich konnte nicht verstehen, dass sie mich nicht verstehen konnte. Ich hatte ihr ja auch alles hinterlassen, den Stall und fertig eingezäunte Weiden. Habe keine Ansprüche auf irgendwelche Sachen gestellt, weil ich ja nichts mitnehmen konnte. Es war eine blöde Situation. Ich war nicht glücklich darüber, dass wir uns zerstritten hatten, aber zu dem Zeitpunkt war mir das Wohl von Bella einfach wichtiger.

Zwischenzeitlich haben Marie und ich uns auch wieder vertragen und helfen uns gegenseitig, wenn es um unsere Pferde geht und sind auch ansonsten sehr gut befreundet. Bella hat von mir immer wieder homöopathische Mittel bekommen, welche für die Arthrose und den Spat gut sind. Sie hat zwar bei feuchtem Wetter kurze Arthroseschübe bekommen, aber nie mehr so heftig gelahmt wie am Anfang. Sie fühlt sich wohl und ist für ihr Alter trotz der Erkrankung noch recht fit. Somit sind alle zufrieden und ich will hoffen, es bleibt noch lange so.

Bella mit Daila

WAS BELLA ALLES ZU ERZÄHLEN HATTE

Bella hatte sich zwar gut eingewöhnt, aber eins war für mich immer noch nicht geklärt. Sie war zwar da, aber ich hatte immer noch das Gefühl sie hätte Heimweh nach dem alten Besitzer oder was auch immer sie so traurig stimmte. Ich hatte ja in einem vorherigen Kapitel schon erwähnt, dass ich mit einer Tierkommunikatorin in Kontakt stand, also ich ein neues Pferd gesucht hatte. Zwischenzeitlich hatte ich auch von Susi Zelenka gehört und ihr ein Bild von Bella geschickt, mit der Bitte eine Analyse durchzuführen und die kostete 40 Euro. Nachstehend finden sie die Antwort von Frau Zelenka. Ihre Homepage finden Sie unter www.animalspee.ch . Ich habe zwischenzeitlich einen Kurs von ihr besucht und bin überzeugt, dass diese Art der Kommunikation stattfinden kann, jedoch muss ich noch viel Üben. Mit fremden Tieren klappt es schon ganz gut, jedoch beim Üben mit den eigenen Tieren, ist der Zweifel mein größter Feind. Lesen Sie was Frau Zelenka mir geschrieben hat, ohne dass sie von mir irgendwelche Infos bekommen hat. Meine Hunde Darling und Sammy hatte sie auch noch kurz befragt.

Noch ganz kurz zur Erläuterung: Was versteht man unter Tierkommunikation?

Tierkommunikation nach Penelope Smith (Autorin: Gespräche mit Tieren) bedeutet die Perspektive des Tieres einzunehmen, im übertragenen Sinne in seine „Haut" bzw. sein Fell oder Federn zu schlüpfen, was nichts anderes heißt als sich intuitiv einzufühlen. Tierkommunikation ist keine übersinnliche Fähigkeit wie z.B. andere parapsychologische Phänomene wozu u.a. Hellsehen oder Telekinese gehören, sondern ist eher mit der Tierpsychologie verwandt.

Tierkommunikation bedient sich eines normalen Sinnes, der sich bei vielen Menschen nur nicht richtig entwickelt, da dieses nicht trainiert wird. Ein Tierkommunikator ist kein Tierhellseher, sondern ein Tierübersetzer oder Tierdolmetscher, jemand der aufgrund von Training sowie Sensibilität und Empathie den Tieren gegenüber Erkenntnisse und Informationen gewinnen kann. Ein guter Therapeut und ein Humanmediziner bedient sich oftmals der gleichen Methode des intuitiven Einfühlens.

Hier nun die email von Frau Zelenka vom 15.11.2004. Die Antworten von Bella haben ein großes A: davor stehen. Viel Spaß beim Lesen!

Guten Tag Frau Shurtleff

Ich habe mit Bella Verbindung aufgenommen, bitte finden Sie nachstehend ihre Durchgaben. Sie können Ihre Rückmeldungen und/oder Nachfragen gerne direkt unter der jeweiligen Antwort anbringen. Danke.

BELLA
Stute geb. 1991

Ich habe Bellas Ausstrahlung als fein und weit wahrgenommen, habe sie um ein Gespräch gebeten, begrüßt und gefragt wie es ihr geht.

A: danke es geht mir hier sehr gut. ich habe viele Stationen hinter mir.

Du meinst, du warst an vielen Orten und hast viel erlebt ?

A: ja. ich bin voll von Erinnerungen.

das verstehe ich... es gefällt dir also da, wo du jetzt bist ?

A: ja, ich habe es schön hier und ich werde geliebt, das ist schön für mich.

ja, das kann ich dir nachfühlen. was denkst du denn von Petra, wie siehst du sie ?

A: (weich und liebevoll) sie hat ein großes volles Herz und sie liebt mich. Sie hat mich gerettet und ich bin dafür sehr dankbar. Ich mag sie sehr, doch ich brauche noch ein wenig Zeit, um mich ganz auf sie einzulassen. Sie hat gute Hände und ich fühle mich sehr wohl mit ihr. das zeige ich auch.

ja, Bella... du zeigst das manchmal und manchmal ist Petra ein wenig traurig, denn dann nimmst du sie nicht wahr und bist in dich gekehrt ... warum ist das denn so ?

A: lass mir bitte noch ein wenig Zeit. Ich muss dir voll vertrauen können. Zeigt dass sie an einigen Orten nur kurz war und dass ihr das fast "das Herz gebrochen" hat. Ich brauche ein wenig Zeit, aber ich mag dich sehr gern und ich möchte gerne bei dir bleiben.

(ich habe das Gefühl übermittelt erhalten, dass Bella eine kleine Angst hat, sich voll einzulassen und dann weggeschickt zu werden. sie versucht einfach, sich ein wenig zurückzuhalten, damit die Enttäuschung dann nicht zu groß ist, wenn sie weg muss)

Bella... du darfst bei Petra bleiben bis du aus der Form gehst, das hier ist dein neues Zuhause und du bleibst hier und musst nicht mehr weg. verstehst du ? Petra möchte eine enge Bindung mit dir aufbauen.. sie hat dich sehr lieb und sie ist glücklich, dass du bei ihr bist...
A: schön... das ist schön... (ein wenig traurig) hab bitte etwas Geduld mit mir. ich komme ganz aus mir heraus, es dauert noch ein wenig. aber ich bin glücklich hier und ich möchte mich voll auf dich einlassen können)
gut, danke Bella. Petra wird dir die Zeit geben, die du brauchst... lass sie einfach wissen, zeig ihr, dass du sie gern hast und gerne da bist, ok?
A: ja. tu ich doch... mach ich.
danke Bella.
wie findest du die vier Ponys mit denen du lebst ?
A: Kindsköpfe (meine Übersetzung, sie zeigt Ponies denen es gut geht und die "es leicht" haben, also nicht so eine Hintergrundtraurigkeit haben wie sie)
magst du mehr dazu sagen, Bella ?
A: zeigt zwei Ponies die etwas übermütig sind uns "lustig", zeigt zwei die etwas abgesondert sind. ich komme gut mit ihnen zurecht. zeigt eine kleine Distanz zwischen den Ponies und sich. ich brauche noch viel Zeit für mich, ich bin am verarbeiten meiner Vergangenheit. aber das kommt gut.

schön, gibt es ein Pony, das du besonders gerne magst
?
A: zeigt ein braunes Pony, das irgendwie "gescheckt" ist.
ok danke Bella. und was denkst du von Sammy ?
A: er ist ein frecher aber ein lieber (zeigt Hund hin- und
her rennen) ist ziemlich lebhaft. aber ich mag ihn ganz
gern. wir kommen gut miteinander aus (nachsichtig).
danke Bella. und was denkst du von Darling ?

A: sie ist interessant. gefällt mir gut. sie ist etwas
zurückhaltend, das mag ich. mag sie ganz gerne (zeigt
eine vorsichtige Distanz von Darling zu ihr)
danke Bella.
Hast du irgendwelche Beschwerden, darf ich mich bitte in
deinen Körper fühlen, zeigst du mir...?
A: linker Vorderhuf (Aussenseite des Beins) ist eine
Stelle die leicht schmerzt (ziehend, nicht schlimm)
rechter Vorderhuf : unten am Rand gefühlig (sehr
empfindsam)
Widerrist - ein wenig verspannt
rechte Vorhand - "Oberarm" ist "spürbar" (wie ein leiser
Muskelschmerz, aber nicht schlimm)
"ich habe einen gesegneten Appetit!"

ahja... ? hm das kann man sehen... fühlst du dich wohl,
wie gehst du mit deinen Beschwerden um ?
A: ach was, bin schlimmeres gewohnt! das ist ja nichts!
naja.. vielleicht kann Petra dir bei dem einen oder
anderen helfen....

Bella, hast du einen Wunsch ?

83

A: Zeigt sich auf einer großen Weide frei mit anderen Pferden.
Zeigt sich arbeiten mit einem Mann dem sie sich nahe fühlt.

Bella, ich nehme an, das sind Bilder aus deiner Vergangenheit ?
A: ja.
verstehe... du bist am abschließen und loslassen... das ist ok.
aber hast du einen Wunsch, den Petra dir erfüllen kann ?
A: zeigt einen geflochtenen (helleren) Korb und darin sind essbare Dinge (Äpfel?) die sie mag
zeigt sich neben einer Frau spazieren gehen und die Gegend ansehen.
Zeigt sich im Regen draußen stehen

Bella.. aber es ist vielleicht jetzt schon zu kalt, um im Regen draußen zu sein! wenn es wärmer wird...
A: ich mag das verleiden. ich kann ja wählen.
ja stimmt. du hast einen Offenstall... hast du sonst noch einen Wunsch, den dir Petra erfüllen kan`?
a: zeigt Frau die sie "umarmt", die Stirn an ihre Stirn lehnt und "stille Zwiesprache" mit ihr hält.
Rede bitte mit mir, das mag ich sehr gerne ! Es ist schön für mich....
danke Bella.

Stört dich etwas, möchtest du eine Änderung haben in deiner Umgebung oder im Umgang mit dir?
A: zeigt "rubbeln" an ihrem Körper: das muss nicht sein.
ich mag gerne fein gebürstet werden.

Na ja Bella... wenn du sehr schmutzig bist, dann braucht Petra wohl eine starke Bürste um dich vom Schmutz zu befreien !
A: zeigt Tuch. zeigt wie sie mit einem Tuch "abgerieben" wird
danke... stört dich sonst noch etwas, Bella ?
A: zeigt eine Wasserstelle, zeigt ein Pony das anscheinend oft/immer dann Wasser trinkt, wenn sie auch trinken möchte.
Ich bin sehr zufrieden hier, ich habe keine Klagen
danke Bella.

Hast du eine Aufgabe bei Petra ?
A: ich bin eine Lehrerin der Beständigkeit im Herzen. Ich helfe Petra, sich selbst treu zu bleiben und ich möchte ihre enge Vertraute werden, doch dazu muss ich zeit haben und meine Vergangenheit ganz ablegen....
danke Bella... magst du mir bitte Bilder aus deiner Vergangenheit zeigen ?
A: Ähm... ich bin am sortieren.... ich hatte schöne und schlimme Zeiten, ich hatte alles.

Ausgerechnet du bist eine Lehrerin der Beständigkeit ?
A: ja. ich bin meinem Charakter treu geblieben. Ich bin eine freundliche und liebevolle Stute und ich bin pflichtbewusst und nehme meine Aufgaben ernst.
danke Bella... magst du mir also bitte Bilder zeigen...?
A:
zeigt sich vor etwas gespannt, das sie nachzieht, aber nicht unbedingt ein Wagen.

zeigt sich mit einem Mann an der Hand gehen und zeigt sich sehr eng verbunden mit diesem Mann.

zeigt diesen Mann "plötzlich weg"

zeigt sich auf einer Weide mit anderen Pferden und glücklich dort.

zeigt sich mit einem Pferd "schmusen" (fuchsfarben, hellerer Behang)

zeigt einen Schimmel den sie nicht so mochte.

zeigt sich in einem dunklen, engen Stall und fast ohne Kontakt zu Menschen.

zeigt sich mit Hühnern und Gänsen/Enten (Bauernhof ?)

zeigt sich eng angebunden in einem Stand, ohne Aussicht.

ich hatte viele Stationen.....

verstehe, danke für die Bilder, Bella. ich finde es wunderbar, dass du bei deinen vielen Erfahrungen so ein liebevolles Pferd geblieben bist. vertrau Petra, sie sorgt gut für dich und du hast dein Zuhause auf Lebzeit bei ihr....

A: ja.. ich geb mir ja Mühe.....

danke Bella.

Gibt es etwas in deiner Umgebung, das dir besonders gut gefällt ?

A: zeigt etwas wie einen Trog... eine Badewanne

danke Bella.

möchtest du noch etwas an Petra sagen ?

A: ja... ich kann gut schmusen, und ich mache das gerne mit dir. gib mir noch ein wenig Zeit, ich gehe noch aus mir heraus....

kann Petra etwas tun, um dir zu helfen, Bella?

A: rede bitte mit mit, das mag ich und kraule meinen Kopf, das mag ich auch ! ich mag meine Mähne und ich spüre deine Hände gerne auf meinem Körper. leg sie einfach ruhig hin, einfach so..... das mag ich..

Danke Bella und alles gute !!

Auch Darling hatte sie kurz für mich befragt und Sammy:

DARLING

Rottweilerhündin s. foto

wie geht es dir, Darling?

A: gut, es geht mir gut!

schön.. was denkst du von Sammy?

A: ist ein kleiner Macho, aber ich mag ihn gerne. nervt mich manchmal.

aber ich komme zurecht. er regt sich leichter auf als ich.

ok danke...

Petra will dir sagen, dass sie dich sehr liebt hat und glücklich ist, dass du bei ihr bist !

A: (liebevoll) liebe sie auch sehr ! bin begeistert von ihr !

danke Darling

SAMMY

Appenzeller Rüde s. Foto

wie geht es dir Sammy ?

A: super. toll hier.

schön, magst du Darling ?

A: ach sie ist eine liebe, ich muss ihr noch einiges beibringen!

du ihr ?

A: ja ja. sie ist etwas langsam. aber das kommt schon. ich mag sie gerne!

gut...

Petra will dir sagen dass sie dich fest lieb hat und glücklich ist, dass du mit ihr bist...

A: Weiß ich weiß ich. ich bin auch sehr liebenswert !!! ich bin sehr intelligent und lerne schnell. und ich mache Freude ! ich habe Petra auch sehr lieb, ich brauche viel Aufmerksamkeit !!!

danke Sammy

xxxx

Ich hoffe, ich konnte ihnen helfen. Bin bis 22. November im Ausland, nachfragen kann ich daher erst nächste Woche erledigen !

herzliche Grüße Susi Zelenka

Ich habe mit Susi heute eine nette Freundschaft. Ich bewundere sie für ihre Selbstlosigkeit und ihr Wissen und ihren Mut. Sie hilft Menschen durch ihre Energie und betreibt auch einen Tiersuchdienst und hilft durch ihre Kommunikation verloren gegangene Tier wieder zu finden. Und auch wenn Sie denken, dies ist verrückt, Susi hat Dinge beschrieben von Bella, die sie einfach nicht erraten konnte. Ich glaube fest an ihr Können und ihre Energie.

DER KAMPF DER HUNDE (LÖWEN) MUTTER - ODER DIE, DIE MIT DEM IGEL TANZT

Unsere Darling hat sich wie gesagt, liebevoll des neuen Hundes Sammy angenommen. Bisher war Darling immer eine sehr umgängliche und ruhige brave Hündin. Keine Streitereien mit anderen Hunden, sie hat mit jedem Hund gerne gespielt und beim Spazierengehen auch nie Ärger gemacht. In der Straße über uns wohnt eine Familie die einen Mischling zwischen Rottweiler und Deutscher Dogge haben. Also nicht gerade ein kleiner Hund war Gino. Darling mocht ihn eigentlich ganz gerne, doch an diesem einen Tag sollte sich das ändern. Es war einer der ersten Spaziergänge mit beiden Hunden zusammen und wir kamen an einen Waldweg. Dort auf einer Bank saß der Besitzer von Gino und ich rief ihm von Weitem zu, er möchte Gino bitte an der Leine lassen, da ich nicht wüsste wie die Hunde nun reagieren würden da sie zu zweit waren. Der junge Mann hatte auf deutsch gesagt einen im Tee, es war offensichtlich, dass er angetrunken war. Er hat jedenfalls meine Warnung wohl gehört und kam mit Gino an der Leine auf mich zugewankt. Da er jedoch etwas getrunken hatte, konnte er den Hund nicht mehr halten als dieser auf mich und meine beiden Hunde zugelaufen kam. Gino´s Besitzer stolperte und wurde von seinem Hund noch ein Stück hinterhergezogen. Ich reagierte so wie es mir in der Hundeschule immer wieder gesagt wurde, lassen sie die Leine auch los, wenn ein anderer Hund kommt, die Hunde regeln dies dann schon untereinander. Und wie die Hunde das regelten. Gino kam nun bellend auf uns zu, Sammy blieb schön bei mir und was machte die sonst so brave Darling? Wie eine Löwenmutter stürzte sie Gino entgegen und in wenigen Sekunden und nach einem heftigen aber kurzen Kämpfchen lag Gino auf dem Rücken am Boden und hatte sich ihr unterworfen. Es sah schlimmer aus als es war, jedenfalls ist kein Blut geflossen. Gino hat jedoch, ab diesem Tag einen riesengroßen Bogen um uns gemacht und sein Besitzer auch. Ich war völlig perplex als ich da sah wie Darling sich für uns eingesetzt hatte.

Und hier noch eine kleine Geschichte unseres unerschrockenen Hundemädchens. Wir haben hinter dem Haus ein Stück eingezäunten Garten, ca. 500 Quadratmeter groß. Ein paar Bäume und ein paar Hecken - keinen Kunstrasen - jedoch schön zum Spielen für die Hunde und für uns zum Sonnenbaden. Abends im Sommer sitzen wir oft noch lange auf unserer Terrasse und Darling und Sammy liegen dann auch da und wir genießen die Stille. Plötzlich und wie ein Pfeil schoss Darling in die hintere Ecke des Gartens und fing an zu knurren und zu bellen. Wir wußten zuerst gar nicht, was da sein könnte. Ich schaute mit einer Taschenlampe nach und sah dann wie dieser Hund einen Igel der sich schon zusammen gerollt hatte, trotz seiner Stacheln ins Maul nahm und wie einen Ball hoch in die Luft warf. Und dies wiederholte sie immer und immer wieder. Ich musste Darling erstmal gewaltsam von dem armen Igel wegziehen und ins Haus bringen. Dann schauten wir nach dem totgeglaubten Opfer. Der Igel jedoch atmete noch aufgeregt und ich habe ihn in eine Kiste gesetzt und gewartet, ob er nun auch wirklich in Ordnung war. Er hat es überlebt, jedoch hatte sich diese Begegnung einige Male wiederholt. Wir haben daher einen Maulkorb angeschafft und nun darf Darling abends nur mit in den Garten, wenn sie den Maulkorb an hat, sonst würde wohl der Igel einen der nächsten Flüge eventuell doch nicht überleben. Sammy hatte dies alles gar nicht interessiert. Ob Rehe oder Hasen, er hat gar keinen Jagdinstinkt, er bleibt immer brav bei mir. Darling dagegen liebt das Abenteuer, sie ist schon wirklich ein besonderer Hund.

ERSTER WINTER IM TAL

Seit ich Bella an meiner Seite habe, habe ich viel dazugelernt. So wie sie es zu der Tierkommunikatorin Susi gesagt hatte, ist Bella für mich zur Lehrerin geworden. Die Beständigkeit in meinem Herzen habe ich durch sie gelernt und bin selbstsicherer geworden und habe auch mal für mich entschieden, ohne mich durch andere zu sehr beeinflussen zu lassen. Sie gibt mir soviel Kraft und hat mir meine Angst vorm Reiten nach den Abenteuern mit Lady auch wieder genommen.

Ich hatte nie geglaubt, dass ich nach den negativen Erlebnissen mal ganz alleine ausreiten würde. Bisher war immer ein erfahrener Reiter dabei, doch durch Bella hatte ich mehr Selbstbewußtsein und auch das Vertrauen zwischen Pferd und Reiter wurde sehr groß. Ich wusste nach diesen ersten Monaten mit ihr, dass meine Entscheidung sie zu behalten trotz der Krankheit, goldrichtig war. Ich vertraue ihr, dass sie mich trägt, ohne mich in Gefahr zu bringen oder sich mir zu widersetzen. So hatte ich es mir immer vorgestellt und gewünscht, dass ich eine solche Einheit mit diesem Wesen Pferd erleben dürfte. Bella ist ein absolutes Verlasspferd und ist bei Ausritten im Gelände vielleicht nicht so schnell wie ein jüngeres Pferd, gleicht dies jedoch durch ihre Ruhe und Furchtlosigkeit aus. Ich brauche keine Angst zu haben, dass sie losrennt und sich vielleicht großartig erschrickt oder mal durchgehen würde. Sie ist immer sehr aufmerksam und vorsichtig. Ich kann es voll und ganz genießen, wenn wir unterwegs sind. Auch finde ich es nicht schlimm, dass sie manchmal aufgrund ihrer

Arthrose Tage oder sogar Wochen lang nicht geritten werden kann. Wir gehen dann halt nur spazieren gemeinsam mit den Hunden. Nach der Arbeit draußen bei den Pferden zu sein und dort entspannen zu können, hilft mir den Alltag besser zu bewältigen und gibt mir neue Kraft. Auch wenn manche nicht verstehen können, dass ich die Arbeit die mit der Pflege der Pferde zusammen hängt auf mich nehme, doch dies tue ich gerne. Ich bekomme ja soviel zurück von den Tieren. Der erste Winter auf der neuen Koppel war eine wunderschöne Zeit. Wir hatten viel Schnee und dies auch über einen längeren Zeitraum. Die trockene Kälte hat Bella gut getan und sie hatte wenig Beschwerden und fast überhaupt nicht gelahmt. Unsere Weide liegt direkt neben dem Wald und dort draußen zu sein war wie in einem Wintermärchen. Ich freue mich schon auf viele weitere Winter zusammen mit meiner Bella.

HALS- UND BEINBRUCH -
HURRA UNSER FRAUCHEN IST WIEDER DA

Wie am Anfang des Buches erwähnt, hatte ich mit Sammy beim Üben für die Prüfung auf dem Hundeplatz einen Unfall. Damals im Februar lag viel Schnee und ich hatte solche kleinen Schneestiefelletten an. Ich wollte, dass Sammy übt bei Fuß zu gehen und als ich ihm einen kurzen Leinenruck gab, verlor ich irgendwie das Gleichgewicht und bin dabei umgeknickt und hingefallen. Es tat etwas weh, aber ich dachte mir im ersten Moment nichts dabei. Dachte noch, jetzt habe ich mich aber ganz schön verrenkt. Ich ging ins Haus und merkte, dass es beim Laufen wohl doch etwas weh tat. Mein Mann Jeff, der von Beruf her im Rettungsdienst arbeitet, hat mich gleich ins Auto gepackt und ins Krankenhaus zum Röntgen gefahren. Mittlerweile war der rechte Fuß ganz schön geschwollen und ich war immer noch überzeugt, dass ich mich lediglich gezerrt oder vertreten hatte. Der junge Arzt erläuterte mir dann nach dem Röntgen, dass er mich so nett findet und ich gleich heute am Sonntag bei ihnen im Krankenhaus bleiben durfte und ich sofort operiert werden würde und mindestens eine Woche stationär aufgenommen werde.

Oh je! Was nun? Meine Situation war mir in dem Moment irgendwie egal, mir schoss als erstes durch den Kopf:

Meine Tiere! Bella und die Hunde! Die Hunde waren ja das geringere Problem, denn Sascha und Jeff würden sich gut um sie kümmern, aber Bella? Aber es gibt ja immer für alles eine Lösung.

Wie gesagt wurde ich noch am gleichen Tag operiert und bekam eine Platte und mehrere Schrauben verpasst. Ich wollte keine Vollnarkose und ließ mich übers Rückenmark betäuben. So konnte ich während der Operation auf dem Bildschirm neben dem OP-Tisch genau verfolgen, wie eine Schraube nach der anderen eingesetzt wurde. Wieder auf meinem Zimmer, kam dann das niederschmetternde Urteil. Durch das gebrochene Wadenbein sehr nah am Fußgelenk, musste eine Stellschraube eingesetzt werden für die Stabilität. Somit durfte ich sechs Wochen lang überhaupt nicht auftreten und immer schön mit Krücken laufen.

Am Montag früh rief ich dann meinen Chef auf der Arbeit an und berichtete von dem Unfall. Er war sehr nett und verständnisvoll und ich solle mir keine Gedanken machen. Doch wie lange würde ich wohl krank sein? Es kam dazu, dass ich drei Monate benötigte bis ich wieder völlig fit war. Nach einer Woche Krankenhaus kam ich heim und es folgte Krankengymnastik und nach den ersten sechs Wochen wurde dann diese Stellschraube entfernt, danach durfte ich jede Woche minimal etwas mehr das Bein wieder belasten. Am schlimmsten waren die Treppen. Im Haus hatte ich von der Krankenkasse einen Rollstuhl bekommen, somit war es wenigstens sicher gestellt, dass ich in den ersten Wochen nicht nochmal falle und mich verletze. Meine Hunde waren natürlich außer sich als ich aus dem Krankenhaus zurück kam. Die konnten es gar nicht glauben und es dauerte bis sie mir wohl glaubten, dass ich jetzt auch hier bleiben würde und nicht nochmal wie nach dem Unfall so einfach wegfahren und tagelang nicht wiederkommen würde.

Also die Hunde waren jetzt überglücklich, denn ich war ja einige Zeit jeden Tag für sie verfügbar. Aber meine arme Bella, die hatte am meisten gelitten.

In den ersten sechs Wochen sah ich Bella nur zweimal und nur weil Jeff mich zur Koppel gefahren hatte und meine Freundin Tanja mir das Pferd ans Auto brachte, damit ich sie begrüßen konnte. Ich kann gar nicht sagen, wie dankbar ich Tanja bin, da sie sich so liebevoll um Bella gekümmert hat in der Zeit als ich krank war. Es waren ja schließlich ganze drei Monate in denen sie Bella gefüttert hat, sie gepflegt und alles das für mich erledigt hat, was halt so an Arbeiten in einem Offenstall anfällt. Sie hat mich auch zweimal die Woche abgeholt, mit Krücken mit zu den Pferden genommen und mich wieder heimgefahren. Das hätte nicht jeder für mich getan, nochmals Danke! Leider hat sich Tanja zwischenzeitlich eine eigene Koppel gemietet und ist mit ihren Pferden dorthin umgezogen. Wir hatten manchmal doch verschiedene Ansichten was unsere Pferde betraf und auch die Gestaltung der Koppel, so war es wohl für alle Beteiligten das Beste sich zu trennen. Heute sind wir immer noch befreundet und verstehen uns wieder gut, aber wir hatten auch schon einige Auseinandersetzungen ausgefochten. Jeder kann heute alles so machen wie er es für richtig hält und das ist auch gut so. Auf jeden Fall, weiß ich, dass ich trotzdem immer noch auf sie zählen kann und sollte sie Hilfe brauchen, bin ich natürlich auch immer für sie und ihre Pferde da.

Nach diese drei Monaten ging ich auch wieder arbeiten und musste anfangs noch etwas vorsichtig sein mit meinem Bein. Oft hatte ich noch Schmerzen und Angst ich hätte vielleicht die Krücken doch zu früh abgelegt, aber schließlich wurde es immer besser und irgendwann konnte ich dann auch wieder auf Bella reiten. Was für ein Glück. Nach einem Jahr wurden dann die Schrauben und die Platte aus meinem Bein entfernt und nach drei Wochen wieder an Krücken, war der ganze Spuk endlich vorbei. Ich muss aber dazu sagen, dass ich jetzt sehr ängstlich geworden bin und anfangs große Angst hatte nochmal umzuknicken oder zu fallen. Ich denke, das wäre wohl jedem so gegangen. Jedenfalls möchte ich so was nicht nochmal miterleben und werde sicherlich auch weiterhin gut aufpassen.

ROMEO DER HERZENS- UND ZÄHNEBRECHER

Silke, eine junge Dame, die sich zu uns gesellte nachdem Tanja weg war, war eine ganz nette aber auch verrückte junge Frau. Sie hat mehrere Hunde, kleine Beagles, und kam mit einem Pferd namens Kimba, den sie aus schlechter Haltung gekauft hatte und wie sich herausstellte leider doch nicht reiten konnte, da das Pferd einen ganz schlimmen Senkrücken hatte. Sie sorgte dafür, dass Kimba gute neue Besitzer fand und dann schaute sie sich nach einem neuen Pferd um, welches sie dann reiten wollte. Wir haben uns zusammen einige Pferde angeschaut und ihre Wahl fiel schließlich auf einen Schecken mit den Farben schwarz, weiß und braun und er hieß Shadow. Das Pferd stand bei einem für mich etwas fragwürdigen Pferdehändler, der ihn nach dem Kauf per Handschlag am nächsten Tag zu uns bringen wollte. Wir warteten auf der Koppel, doch es kam erst ewig lange niemand. Dann mit über einer Stunde Verspätung tauchte der Pferdehändler auf, aber ohne Pferd. Die abenteuerliche Geschichte, dass angeblich eine der Stuten dem Wallach Shadow wohl morgens früh bevor er ihn zum Transport von der Weide holen wollte, das Bein zertreten hätte und das Pferd auf der Koppel notgeschlachtet werden musste, war alles etwas merkwürdig. Am Vorabend hatte er noch von einem weiteren Interessenten gesprochen. Ich weiß bis heute nicht, ob seine Geschichte gestimmt hat, oder dies nur erfunden war, weil der andere Kaufinteressent vielleicht doch etwas mehr gezahlt hat als Silke. Keine Ahnung, jedenfalls war Silke in Tränen aufgelöst und sie wollte doch unbedingt ein Pferd. Ich erzählte ihr von dem

Metzger Guido, der meine Pferde ja geschlachtet hatte und auch selbst Pferde verkaufte. Ich rief ihn an und wir fuhren noch am gleichen Tag zu ihm auf die Koppel. Er hatte dort einige Pferde zum Verkauf stehen. Für jeden Geschmack etwas, ob Haflinger, Schimmel, Schecke, braune oder schwarze Pferde und auch Ponies, eins schöner als das andere. Silke gefiel keins von der Pferden richtig.

Dann erzählte Guido er hätte im Stall noch einen jungen Kaltblüter stehen, einen Ardenner der zweieinhalb Jahre alt wäre. Der stand noch im Stall und nicht auf der Weide, weil er gestern erst das Pferd geholt hatte. Wir fuhren zu seinem Hof, auf dem das Pferd stand und schauten uns das kleine Riesenbaby von ca. 800 kg an. Echt ein Prachtexemplar. Silke machte sich lustig, da ich gleich wieder nach dem Namen des Pferdes fragte. Ich finde immer ein Pferd muss einen Namen haben, der zu ihm passt. Guido sagte, das Pferd heißt „Romeo" und wirklich, dieses Pferd hat seinem Namen alle Ehre gemacht. Ein wahrer Charmeur dieser Romeo. Silke war sofort Feuer und Flamme und kaufte diesen Riesen. Er war noch nicht eingeritten und musste noch einiges lernen doch sie war sich damals sicher, sie würde dies auch schaffen.

Ich hätte schon damals den Braten riechen müssen. Es musste einen Grund geben wieso dieses Pferd im Stall und nicht auf der Koppel stand. Dies sollten wir später selbst erfahren. Bei der Ankunft von Romeo gab es nicht viel Stress mit den anderen Pferden. Alle gewöhnten sich schnell an ihn und vor allem Bella war froh, denn endlich gab es ein Pferd in ihrer Größe und die beiden verstanden sich sehr gut. Silke war auch jeden Tag mit mir zusammen bei den Pferden und war auch eine gute Hilfe. Sie packte mit an bei der Arbeit und war ebenso eine lustige Gesellin.

Schon ein paar Monate später sollten wir merken, wieso der Romeo wohl damals bei dem Pferdemetzger im Stall stand. Es war zwischenzeitlich Winter geworden und die Pferde mussten sich auf eine kleinere Koppel zurückziehen, die dann ihr Winterquartier war. Wir versuchten immer ausreichend Heu zu geben und mussten dann zu zweit oder zu dritt einen großen Heuballen von ca. 300 – 400 kg Gewicht in die Heuraufe für die Pferde rollen. Ob an diesem Tag wohl nicht mehr genug Heu da war, oder ob es Romeo einfach zu langweilig war, keine Ahnung, jedenfalls bekam ich auf der Arbeit einen Anruf, dass unsere Pferde auf der Straße frei umher liefen. Ich fuhr ganz aufgeregt dorthin und der Besitzer der Ponies, Peter kam auch. Wir sammelten die Rasselbande wieder ein und hatten dank der Polizei, die jemand gerufen hatte, die Straße abgesperrt und es kam zum Glück keiner zu Schaden bei dem Ausflug unserer Pferde. Der Zaun war kaputt und wir wussten nicht wieso. Es sollte sich jedoch später zeigen, denn Romeo hatte herausgefunden, dass der Strom, der durch die Strombänder floss wohl nicht so stark war und ihm durch sein dickes Winterfell hindurch nicht so richtig weh getan hatte. Und auch für Nicht-Pferdehalter ist es wohl klar, dass es im Winter, wenn der Boden gefroren ist, nicht so toll ist einen Zaun reparieren zu müssen. Aber wir bekamen auch dies hin. Schon ein paar Tage später machte unsere Pferdetruppe einen zweiten größeren Ausflug. Dieses Mal zum Glück nicht zur Straße hin, sondern circa fünf Kilometer durch den Wald hinter unserer Koppel in Richtung eines anderen Dorfes und vorbei an einem Sportflugplatz. Dieses Mal wurden die Pferde von Peter und Silke eingesammelt. Wir haben dann sämtliche Batterien neu geladen und Bänder überprüft und irgendwie hatte es wohl Romeo dann begriffen, dass wir nicht sehr glücklich waren über seine Ausbrüche. Bald wurde das Wetter wieder besser und es gab wieder Gras zum Fressen und auf einmal war Ruhe eingekehrt.

Silke stellte Romeo in einem Reitstall unter, wo er zum Reiten ausgebildet werden sollte. Silke übernahm dort einen Aushilfsjob im Stall und sie war dann nicht mehr so oft auf der Koppel wie vorher und die Gesellschaft und Hilfe fehlten schon ein wenig, doch Hauptsache war in dieser Zeit herrschte himmlische Ruhe, keine Ausbrecher, alle Pferde waren brav. Auch das süße Haflingerfohlen Jack Daniels, welches Silke für ihren Sohn Patrick gekauft hatte und der Liebling von allen war, war sehr brav.

Nach ein paar Monaten, nachdem er eingeritten war, kehrte der Ausbrecherkönig Romeo wieder zurück. Es sollte nur vorübergehend sein, da Silke zwischenzeitlich umzog und die Pferde dann aufgrund der Entfernung nicht mehr bei uns stehen lassen konnte. Obwohl es vorher mit Romeo die Probleme mit dem Zaun durchbrechen gab, dachte ich na ja, für die kurze Zeit wird es wohl okay sein. Ich sollte mich leider täuschen.

Da Silke wie schon erwähnt am Umziehen war, kümmerte ich mich um die Pferde und fütterte alle auch Romeo und das Fohlen. Romeo war auch hinsichtlich des Futters wie ein kleines Kind, wenn er nix mehr in seinem Eimer hatte, hätte er am liebsten die Eimer der anderen Pferde auch geleert. Aus dem Grund wurde er immer in ein abgezäuntes Teil der Weide zum Fressen gestellt und dies funktionierte auch recht gut; er hatte schon länger nichts mehr angestellt. An diesem einen besagten Tag, hatte ich aber leider vergessen den Strom anzustellen, um sicher zu sein, dass Romeo auch dort stehen blieb nachdem er seinen Eimer geleert hatte.

Die Absperrung bestand aus einer Metallfederung, die sich wie ein Ziehharmonika auseinander ziehen lässt, wenn sie gespannt wird. Ich stand ungefähr fünf Meter von Romeo entfernt bei meiner Stute Bella und sah plötzlich aus dem Augenwinkel, wie Romeo sich in meine Richtung bewegte. Bevor ich mich versah, war er so weit in diese Absperrung hineingelaufen, dass diese sich so vor seiner Brust spannte und dann aus der Verankerung riss und in meine Richtung flog. Ich bekam die Metallfeder direkt ins Gesicht. Im ersten Moment stand ich wohl unter Schock und war mir gar nicht bewusst was mir da passiert war. Die Pferde waren erschrocken, ich sammelte wie mechanisch die Eimer ein und brachte die Pferde wieder auf die Koppel, machte alles zu, stellte den Strom an und fuhr nach Hause. Ich merkte, dass etwas mit meinem linken Auge nicht stimmte und auch das mir ein Stück vom Zahn fehlte. Im Spiegel sah ich, dass der eine Schneidezahn gut ein Drittel abgebrochen war und der andere hatte eine Ecke verloren. Mein Gesicht war total angeschwollen. Durch mein linkes Auge konnte ich immer noch nichts sehen. Mir wurde ganz Angst und Bange. Jetzt würde ich vielleicht mein Augenlicht verlieren. Als ich daheim ankam war mein Mann Jeff völlig geschockt, wohl allein durch meinen Anblick. Er fuhr mich zum Krankenhaus und dort wurden von meinem Schädel Röntgenaufnahmen gemacht, um auszuschließen, dass im Gesicht was gebrochen war. Zum Glück kam langsam mein Augenlicht wieder zurück. Ich sah allerdings nur Schatten und Umrisse. Der Arzt schickte uns noch in die Augenklinik, um sicher zu gehen, dass das Auge nicht nach innen bluten würde. Ich wurde dort untersucht und durch den Aufprall hatte ich eine starke Prellung der Netzhaut erlitten. Nochmal Glück gehabt meinte der Arzt, das hätte schlimmer ausgehen können.

Die Netzhaut wurde mit antibiotischen Tropfen behandelt und der Zahn wurde eine paar Wochen später auch wieder hergestellt.

Silke entschuldigte sich und es täte ihr ja leid. Ich kümmerte mich ab dem Tag aber nicht mehr um Romeo. Er musste auch zum Fressen auf der Koppel bleiben und circa zwei Wochen nach dem Unfall zog er dann Gott sei dank um in sein neues Quartier. Dort bestand die Koppeleinzäunung aus stabileren Zäunen und der Strom kam direkt aus der Steckdose.

Romeo hat gleich in den ersten Tagen lernen müssen, dass dort etwas mehr und auch stärkerer Strom durch die Strombänder läuft und hat seither auch keinen Ärger mehr in dieser Hinsicht gemacht. Für mich war jedenfalls danach klar, zukünftig sollten sich die Leute, die ihre Pferde zu uns stellen, selbst um ihre Tiere kümmern. Der Unfall war mir echt eine Lehre.

JACK DANIELS

JACK DANIELS –
TENNESSEE WHISKY MAL ANDERS

Was soll ich sagen, es kam so wie es kommen musste. Meine Freundin Silke hatte ja für Ihren Sohn das Haflingerfohlen gekauft. Jack Daniels kam im September 2007 im Alter von sechs Monaten zu uns. Was für ein süßer Fratz. Noch so zierlich und halt noch wie ein Pferdekind. Bella hat sich seiner schnell angekommen und ihn ein wenig unter die Fittiche genommen. Sie behandelt ihn wie ihr eigenes Fohlen. Schön so was anzusehen, der Kleine fühlte sich auch sehr wohl dabei und hat sogar versucht an Bellas Gesäuge zu trinken, obwohl es ja dort keine Milch gab. Jack Daniels auch „Baby Jack" genannt kam von einer Schlachtfohlenver- mittlung. Der Sohn von Silke hatte große Pläne mit dem Fohlen, doch schon nach ein paar Monaten war die anfängliche Begeisterung schon wieder gesunken. Patrick ist sich mit seinen zwölf Jahren wohl doch noch nicht so bewusst, was er eigentlich will. Einen Tag will er zur Jugendfeuerwehr, den nächsten zum Fußball, dann will er Reitstunden und jetzt, wo er gemerkt hat, dass man ein Fohlen nicht reiten kann, will er doch ein großes Pferd zum Reiten. Seine Mutter Silke ist in ihrer Erziehung etwas sehr labil. Was das Kind will, bekommt er scheinbar. Sie verkündete mir, dass es wohl doch besser wäre das Fohlen wieder in gute Hände zu verkaufen und Patrick bekäme dann ein Pferd was er sofort reiten kann. Romeo der Ardenner Wallach, stand derzeit zum Beritt in einem Reitstall wo Silke auch einen Minijob im Stall angenommen hatte. Dort sollte dann auch das neue Pferd von Patrick stehen. Ich legte ihr ans

Herz, sie soll einen guten Platz für „Baby Jack" finden und sie versprach mir dies auch zu tun.

Nicht mal eine Woche später stand Silke dann vor mir und berichtete stolz, sie habe einen Traber mit Namen „Lordi" für Patrick gekauft von einem Pferdehändler in Saarbrücken. Das Pferd würde auch schon am nächsten Tag angeliefert werden. Was ist denn nun mit Jack Daniels fragte ich sie? Sie hätte jetzt nicht soviel Geld und sie wollte doch unbedingt das große Pferd für Patrick kaufen und der Händler würde dann das Fohlen in Zahlung nehmen, war ihre Antwort. Ich war entsetzt! Pferdehändler in Saarbrücken, an der Grenze zum Saarland, wo gerne Pferdefleisch gegessen wird. Dies bedeutete, dass dort ein Pferdemetzger nicht schlecht für zartes Fohlenfleisch zahlen würde, falls der Pferdehändler keinen neuen Besitzer für Jack finden würde, oder dies erst gar nicht versuchte. Ich sagte zu Silke, dass ich ihre Entscheidung nicht billigen könnte und sehr enttäuscht sei, denn sie hatte nicht ihr Versprechen gehalten, sich um einen neuen Besitzer für Jack zu kümmern. Sie ging wieder den einfachen und schnellstmöglichen Weg. Ich traf nun eine spontane Entscheidung. Ich kaufte ihr Jack Daniels ab und zwar für 350 Euro. Das war der Betrag, den der Pferdehändler zahlen würde. Wie würde ich dies wohl meinem Mann beibringen?

Es war für mich klar, dass ich Jack nicht behalten könnte. Jeff würde ausflippen. Zwei Hunde, Bella und jetzt noch ein Pferd! Unter Tränen erzählte ich ihm die Story und versprach das Pferdchen würde nur bleiben, bis ich einen neuen Besitzer gefunden hätte. Das war im Mai 2008. Es meldeten sich auch potentielle Käufer auf meine Anzeige, aber ich hatte an jedem was auszusetzen. Und nun kam es wie es kommen sollte, mein Mann stimmte irgendwann zu mit den Worten „also gut, dann behalt ihn halt!" Was für ein Glück in dem Moment. Ich hatte ihn ja schon zwischenzeitlich ins Herz geschlossen, das Pferdekind. Außerdem hatte Silke meistens wenig Zeit und ich hatte mich eh schon um Jack Daniels gekümmert. Habe ihn gelehrt Hufe zu geben, damit man die schön auskratzen und säubern kann. Er ist echt ein cleverer kleiner Kerl! Aber auch ein aktiver junger Hengst war er. Jeden Tag versuchte er, obwohl noch so jung, meine Stute Bella zu decken. Da Hengste schon mit einem Jahr zeugungsfähig sind und Bella nicht ein Fohlen bekommen sollte, entschloss ich mich zur Kastration und so wurde aus dem Hengst Jack ein Wallach. Die ganze Aktion verlief sehr reibungslos. Bei dem Verpächter unserer Weiden, habe ich Jack für die Zeit der Kastration und der Wundheilung in dessen Stall untergebracht. Auf der Weide war doch die Gefahr einer Entzündung durch die vielen Mücken zu groß. Mein Tierarzt hat die Kastration vorgenommen und ich durfte natürlich zuschauen und auch helfen. Nicht jedermann`s Sache denke ich, aber es war schon interessant. Nach nur drei Tagen war die Wunde soweit verheilt und Jack konnte wieder zurück auf die Weide. Bella hat sich total gefreut ihn wieder zu sehen. Nach ein paar Wochen war dann alles komplett verheilt und nicht mehr angeschwollen und wir hatten auch Glück, es gab keine Entzündungen. Der junge Held war wieder voll fit und hat es mir wohl auch nicht übel genommen, dass ich diese Operation an ihm vornehmen ließ. Jedenfalls war ab dann Ruhe und er ließ Bella ihren Frieden und hat nicht mehr versucht sie zu besteigen. Jack ist brav und sehr gelehrig. Er gibt mittlerweile freiwillig die Hufe und macht keine Zicken wenn die Hufschmiedin kommt. Kann rückwärts gehen, lässt sich brav führen und kennt das Kommando Steh und Vorwärts und bleibt auch ruhig stehen wenn er angebunden wird. Für ein Pferdchen von 17 Monaten ist das schon eine gute Leistung.

In den letzten Wochen hatten wir viel Schnee und extreme Minustemperaturen und somit auch Probleme mit unserem Elektrozaun. Durch den gefrorenen Boden war die ganze Feuchtigkeit gebunden und somit hatte das Stromgerät keine so gute Erdung. Dies hat natürlich Baby Jack gleich raus bekommen und angefangen kleine Ausflüge von der Weide zu unternehmen. Dies ging sogar soweit, dass er nachts mitten im Wald von einem ansässigen Jäger aufgefunden wurde. Der hat ihn dann wieder zu unserer Koppel zurückgebracht. So ein furchtloser kleiner Kerl. Pferde sind eigentlich Herdentiere und entfernen sich nicht unbedingt alleine. Aber der kleine Abenteurer hat vor Nichts und Niemandem Angst. Ob es daher kommt, dass er auf einer Almwiese seine ersten Lebensmonate verbracht hat und dort die Pferde eher weiter voneinander weg stehen, ich weiß es nicht. Jedenfalls hat er in den letzten Wochen schwer an meinem Nervenkostüm gezerrt. Fast jeden Tag haben Peter, der Ponybesitzer, oder ich den Zaun geflickt. An der Stelle an der Jack was kaputt gemacht hat, sind ihm die anderen natürlich gefolgt. Zum Glück gab es keinen kompletten Ausflug von allen sechs Pferden. Ebenso hat es Jack geschafft wie ein Zauberer zwischen zwei Strombändern durch zu klettern, ohne dass dieses Band durchriss, sondern sich nur dehnte. Da ich jetzt im Winter erst nach der Arbeit zum Füttern der Pferde fahre und es meist schon dunkel ist, sehe ich nicht direkt wo alle Pferde stehen. Wie ein Geist hat Jack schon ein paar mal plötzlich im Dunkeln hinter mir gestanden. Er hat mich dann gesehen mit den Futtereimern und hat wohl gedacht, da bediene ich mich zuerst. Als Lerneffekt habe ich ihn jedoch fest angebunden und er musste leider lernen, dass ungezogene Pferdekinder, die durch den Zaun klettern kein Futter bekommen und die braven Pferde, die hinter dem Zaun geblieben sind ihr Futter als Belohnung bekommen.

Nach ein paar Tagen der ständigen abendlichen Reparaturarbeiten im Dunkeln auf der Koppel und dies alleine unter Begleitschutz meiner beiden Hunde, waren meine Nerven doch leicht angekratzt. Wasser habe ich ebenso noch mitgeschleppt, da unser Bachlauf einge-froren war und Peter brachte den Pferden morgens Wasser und ich dann abends. Echt leicht stressig, aber wir wollten es ja so. Jedenfalls bin ich zur Zeit am überlegen was ich tun soll. Soll ich Jack behalten oder doch noch abgeben. Er ist ein lebhafter Kamerad und brauch viel Zeit und Zuneigung. Bella kommt momentan völlig zu kurz. Ich muss sagen, das war nicht in meinem Sinne als ich das Pferdchen aus der Notsituation heraus von Silke abgekauft habe. Zwischenzeitlich hatte sie auch das neu erstandene Pferd „Lordi" wieder verkauft. Glücklicherweise konnten wir hierfür eine junge Frau finden, die Lordi auch bei uns auf der Koppel stehen hat und uns hierfür monatlich eine Pension bezahlt. Ansonsten hätte der arme Lord schon wieder ein neues Zuhause beziehen müssen. Es ist echt schwer über ein Leben eines solcher Tiere zu entscheiden. Jetzt liegt es an mir das zu tun was für Jack am Besten ist und nicht für mich. Meine Vernunft sagt mir, dass ich eigentlich wirklich nicht genügend Zeit habe dem Pferd gerecht zu werden und auch nicht haben werde, egal wie ich es wende und drehe. Er ist jung und brauch eine starke Hand und muss viel lernen. Das benötigt natürlich auch Zeit, welche ich aufgrund meines Jobs, meines Hauses, des Gartens, meiner beiden Hunde und nicht zu vergessen – es gibt da auch noch einen Ehemann – nicht habe. Ich habe nicht die Zeit ihm alle die Dinge beizubringen die zu seiner Ausbildung gehören und auch wenn er dann in zwei Jahren geritten werden kann, fehlt die Zeit das Erlernte zu üben und zu festigen und immer etwas Neues zu lernen. Da reicht es nicht wie mit der alten Bella mal am Wochenende eine kleine Runde durch den Wald zu reiten, das junge Pferd muss dann 3 – 4 pro Woche geritten werden. Das kann ich nicht bewältigen. Und dann gibt es auch noch die Kosten. Was passiert, wenn ich mal plötzlich nicht mehr so fit bin um die Pferde so zu versorgen, wie ich es jetzt tue. Egal welches Wetter, ich muss raus und füttern und schauen, dass es ihnen gut geht. Sie brauchen Wasser und Heu. Bella könnte ich zur Not noch einen Platz in einem Stall finanzieren, aber für zwei Pferde? Jack wird erst zwei Jahre alt und hat noch ein Pferdeleben vor sich, welches bis zu 25 oder 30 Jahren dauern kann. Unvernünftig ist zu glauben, dass ich noch 20 – 30 Jahre ein Pferd im Offenstall verpflegen kann.

Ich werde alles in Ruhe überdenken und so schwer es mir fällt, das Beste für das Pferd entscheiden. Dies wird jedoch nur funktionieren, wenn ich mir zu 100 % sicher bin, dass der potentielle Käufer es auch ernst meint und sich nicht nur aus einer Laune heraus ein Pferd anschaffen will. Jack soll es wirklich gut haben und nicht in seinem Leben wie ein Wanderpokal herumgereicht werden, was leider viel zu oft mit Pferden geschieht. Auf jeden Fall wird in einem Kaufvertrag eine Klausel enthalten sein, die den Käufer verpflichtet Jack an mich zurück zu geben, falls er ihn nicht mehr behalten kann. Ob und wann ich einen neuen Besitzer für Jack finde, wird das Schicksal entscheiden. Von guten Freunden habe ich einen Tipp bekommen, dass eine verlässliche Familie in der Nähe ihre Haflingerstute im Alter von 26 Jahren einschläfern lassen musste. Eine Stute im Alter von 16 Jahren haben sie noch und suchen nun wieder ein zweites Pferd dazu. Ich habe sie kontaktiert und sie wollen sich nächstes Wochenende Jack anschauen kommen. Die Mutter und beide Töchter reiten aktiv und Jack hätte dort wirklich Abwechslung und würde beschäftigt sein und das Beste – dort kann ich ihn auch oft besuchen! Das hört sich jedenfalls gut an. Falls diese Familie Jack nicht nehmen möchte oder ich ihn nicht dorthin geben will, findet sich irgendwann schon der richtige Besitzer. Mal schauen was die Zukunft bringt. Wir haben ja noch Zeit und müssen diese Entscheidung nicht überstürzen.

BELLA ALLIAS NANNI

Zum Schluss meiner Aufzeichnungen noch eine sehr nette Begebenheit. Da ich Bella ja von diesem Pferdeschutzhof gekauft hatte, wusste ich leider nichts über ihre vorherigen Besitzer. Nur die Dinge, die die Tierkommunikatorin zu berichten hatte. Darin wurde ja auch von einem alten Mann gesprochen, der neben Bella ging. Zum Fellwechsel dieses Jahr war wieder ganz deutlich der Nummernbrand auf Bella´s Oberschenkel zu sehen. 388 war die Zahl. Ich hatte vor zwei Jahren bereits einmal versucht über den Zuchtverband die vorherigen Besitzer von Bella ausfindig zu machen, aber der Sachbearbeiter konnte mir angeblich nicht helfen. Nun versuchte ich es noch einmal und hatte großes Glück, denn die Dame die dieses Mal meine email bearbeitete war sehr hilfsbereit und fand nach einigen Recherchen ein Pferd, welches drei Jahre älter war aber die exakten Abzeichen wie Bella hatte. Ich hatte ihr Fotos geschickt und ihr auch mitgeteilt, dass es durchaus sein könnte, dass Bella älter wäre. Sie schickte mir die Geburtsurkunde einer Süddeutschen Kaltblutstute namens "Nanni" welche 1988 geboren war. Ich kontaktierte ganz aufgeregt den Besitzer. Es war die Familie Hutter, welche in der Nähe von Schloss Neuschwanstein in Bayern lebt. Herr Hutter war nicht zu hause und so vereinbarte ich mit seiner Frau ihr einige Photos zu senden, um zu schauen, ob es wirklich ihr Pferd gewesen sei, welches ich nun Bella nannte. Circa eine Woche später rief ich nochmals total aufgeregt dort an und Herr Hutter erzählte mir dann Bella´s (Nanni´s) Geschichte.

Er hatte selbst sechs Pferde, eines davon sei eine Tochter von Bella genannt Natur und der Rufname ist „Lori". Sein Schwager hat ihm Bella damals hingestellt, weil der Opa in der Familie gestorben war („Bella zeigt sich mit Mann Schulter an Schulter, Mann plötzlich weg" – so erzählte sie ja in der Kommunikation mit Susi). Die die Tochter wollte dem verstorbenen Opa zuliebe nicht, dass das Pferd verkauft würde. So blieb Bella ein paar Jahre auf dem Hof der Familie Hutter, jedoch wurde dann irgendwann die Entscheidung von Tochter und Schwiegersohn des alten Mannes gefällt, dass das Pferd wohl doch verkauft werden sollte. So kam Bella dann zu einem Pferdehändler und wurde auf dem Weg zum Weiterverkauf an einen Pferdemetzger von den Pferdefreunden Birnbaum noch einmal vor ihrem sicheren Tod bewahrt. Famile Hutter war sehr glücklich darüber, dass Bella ein gutes neues Zuhause gefunden hat und mich gebeten in Kontakt zu bleiben. Meine Bella allias Nanni hat sogar die Ohren gespitzt als könne sie sich an den Namen erinnern. Für mich hat sich der Kreis jetzt geschlossen und ich bin einfach überglücklich, dass sie bei mir ist und freue mich auf unsere gemeinsame Zeit die wir in den nächsten Jahren zusammen verbringen dürfen. Unsere Reitausflüge, unsere Picknicks und die vielen Schmuseeinheiten. Sie ist einfach ein tolles Pferd und gibt mir soviel Halt und Kraft durch ihr Wesen. Sie ist mein Traumpferd und wird es immer sein, auch wenn sie irgendwann mal nicht mehr da ist.

NOCH EINE PAAR WORTE ZUM ABSCHLUß...

Wenn ich mit meinem Pferd und den Hunden alleine unterwegs bin, bin ich frei und glücklich und all meine Sorgen und Ängste sind vergessen. Meine Träume sind Wirklichkeit geworden und ich hoffe, noch ein paar schöne Jahre mit meinen Lieben verbringen zu dürfen. Aber auch wenn sie mal nicht mehr bei mir sind, werden sie immer in meinem Herzen weiterleben und es wird immer wieder ein Tier geben, dem ich ein gutes Zuhause bieten kann und meine Liebe schenken darf. Sollten Sie auch mit dem Gedanken spielen, sich ein Tier anzuschaffen, dann denken Sie bitte zuerst an die Tiere in den Tierheimen, deren Herzen gebrochen sind. Mit Sicherheit wird ihnen dieses Tier dankbar sein und auch wenn es vielleicht nicht so einfach ist ein "gebrauchtes Tier" aufzunehmen, wird es ihnen mit Sicherheit niemals leid tun. Mich haben meine Tiere so reich beschenkt und auch wenn es nur wenig Zeit war, die wir noch zusammen hatten, war diese doch so wertvoll und voller Dankbarkeit, Vertrauen und Liebe.

Ihre

Petra Shurtleff

PS: Baby Jack ist zwischenzeitlich zu dieser netten Familie umgezogen und es geht ihm sehr gut! Ich kann ihn dort jederzeit besuchen und vielleicht später auch mal auf ihm reiten...

So leben unsere Pferde
Bella u. Jack

116

NOCH EIN PAAR PHOTOIMPRESSIONEN.......

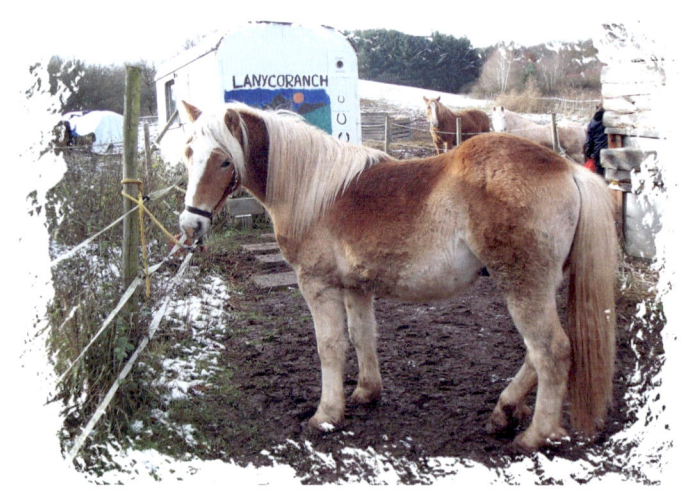

Mein Sohn Sascha mit Darling und Sammy

Mehr Fotos und eine interessante Idee für das besondere Geschenk für Ihre Freunde oder Bekannten finden Sie auf unserer homepage unter:

www.pferde-aepfel.de

Tschüß Eure Bella!